쥐뿔도 없는 회귀

쥐뿔도 없는 회귀 16

목마 퓨전 판타지 장편소설

초판 1쇄 찍은 날 | 2019년 8월 16일
초판 1쇄 펴낸 날 | 2019년 8월 23일

지은이 | 목마
펴낸이 | 예경원

기획 | 위시북스
편집책임 | 이규재
편집 | 위시북스

펴낸곳 | 예원북스
등록번호 | 제396-2012-000132호
등록일자 | 2012. 7. 25
KFN | 제1-452호

주소 | 경기도 고양시 일산동구 호수로 646-24 위너스21 II빌딩 206A호 (우)10401
전화 | 031-819-9431 팩스 | 031-817-9432
E-mail | yewonbooks@naver.com

ISBN 979-11-365-0060-1 04810
979-11-6098-833-8 (set)

※ 이 도서의 국립중앙도서관 출판시도서목록(CIP)은 서지정보유통지원시스템 홈페이지(http://seoji.go.kr)와 국가자료공동목록시스템(http://www.nl.go.kr/kolisnet)에서 이용하실 수 있습니다.

쥐뿔도 없는 회귀

16

목마 퓨전 판타지 장편소설

WISHBOOKS FUSION FANTASY STORY

Wish Books

쥐뿔도 없는 회귀

CONTENTS

1장

정화

울다 지쳐 잠든 백소고를 두고서, 이성민은 몸을 일으켰다. 감정이 삐걱거리고 있었다.

백소고가 흘리는 눈물과 그녀가 내뱉은 말과 오열과 흐느낌을 들으면서 이성민은 백소고의 감정에 공감했다.

이 거대한 세상에서 인간 하나는 얼마나 작은가.

세상 전체를 이끄는 운명에서 인간 하나는 얼마나 무력한가.

그토록 강력한 힘을 가졌던 사마련주조차도 죽음을 피하지는 못했다.

비록 최후의 순간에 깨달음을 얻어 이 세상에서 탈출했다고는 하나, 사마련주는 자기 자신의 운명은 극복하였어도 이 세상의 운명은 극복하지 못했다.

그것은 허주도 마찬가지였다. 적어도, 요괴로 살아 있을 적의 그는…… 자신의 죽음을 피하지 못했다.

그렇게 정해져 있었기에, 그렇게 되어야 하기에. 그래, 그것이 운명이다.

그것을 다시금 자각했을 때, 이성민의 몸은 그의 의지를 벗어나 두려움으로 가볍게 떨렸다.

'절대로' 어찌할 수 없는, 바뀌지 않는 결과를 끝으로 두고 있는 것.

내가 여태까지 해 온 모든 일이, 아니, '나'를 떠나서 이 세상 사람들이 해온 모든 일들이 이 세상이 가진 어떠한 목적에 의한 것이고, 그것이 이루어졌을 때 이곳에 살던 이들의 의지와는 상관없이 세상이 끝나버린다는 것이다.

백소고가 절망하는 것도 당연하다. 그녀가 가지고 있던 신념은 멸망과는 정반대의 성질이었으니까.

백소고뿐만이 아니라, '미래'에 희망을 두고 있는 수많은 사람도 백소고처럼 절망할 것이다.

하지만.

이 거대한 세상에서 인간 하나가 작은 존재라고 해도. 세상 전체를 이끄는 운명에서 인간 하나는 무력하다고 해도.

그럼에도 운명은 바뀐다. 바뀔 수 있다. 지금 당장, 이곳에 있는 이성민의 존재 자체가 운명이 바뀔 수 있다는 증거였다.

그것이 마령의 의도였다고는 해도. 운명이라는 거대하고 절대적인 흐름에 반기를 드는 것을 시작으로 무수히 작은 변수를 만들어낼 수 있다면.

변수에 변수가 더해지고, 운명에 거역하겠다는 의지를 꺾지 않는다면 운명은 바뀔 수 있다.

이성민은 그렇게 믿고 싶었다. 사마련주는 죽음이라는 운명을, 이 세상에서 벗어나는 것으로 바꾸었다.

학살포식으로 각성하여 소멸했어야 할 이성민의 정신은 변수에 변수가 더해진 결과 살아남았고, 마령의 도움을 얻어 역으로 학살포식을 소멸시켰다.

운명은 바꿀 수 있다.

바꿀 수…… 있어야만 한다. 그렇지 않다면, 지금까지 이성민이 해 온 일들.

아벨의 죽음도, 사마련주의 죽음도…… 모두 무의미한 것일 테니까.

"바꿀 수 있습니다."

이성민은 곤히 잠든 백소고를 향해 중얼거렸다. 반드시 그래야만 했다. 아벨과 사마련주의 죽음이 무의미하지 않게. 지금도 떠돌고 있는 위지호연의 행동이 무의미하지 않게.

우선 백소고의 중독을 치료해야만 한다.

상대를 생각해 본다. 제니엘라가 수괴로 있는 뱀파이어들. 그녀의 상위 혈족은 천외천의 육존자와 비견, 아니, 그 이상이다.

게다가 라이칸슬로프인 주원도 있다. 체페드에서 만났던 네로. 주원의 심복이라고 했다.

놈은 이성민과 싸우려 들지 않았지만, 만약 놈이 목숨을 걸고 덤볐더라면 이성민도 꽤 귀찮았을 것이다.

그만큼 네로는 강했다. 주원의 밑에 네로만큼이나 강한 라이칸슬로프들이 얼마나 더 있을까?

다행히 프레데터의 요괴 집단은 적귀의 죽음 이후로 대부분 야나의 밑으로 들어갔다.

엄격히 말하자면 야나는 그들을 거두지 않았다. 애당초 야나는 적귀를 죽인 것 외에는 어르무리를 관리하려 하지 않았다.

하지만 본래 어르무리는 프레데터의 검은 별 중 하나, 요괴 두령인 적귀의 영역이었다.

야나는 원하든 원치 않았든, 적귀를 죽임으로써 어르무리의 주인이 되었고 적귀를 따르던 요괴들의 주인이 되었다.

그리고 야나가 프레데터에 들어가는 것을 거부함으로써 프레데터에서는 어르무리 요괴들의 자리가 사라지게 되었다.

하지만 요괴가 프레데터에 속하지 않게 되었다고 해도 데스나이트가 있고 흑마법사들이 있다.

볼란데르와 아르베스가 소멸하고, 김종현이 시공간에서 추방된 이상 그들은 뱀파이어나 라이칸슬로프만큼의 세력이라곤 할 수가 없다.

하지만 그들이 상대적으로 약하다 해서, 인간과 비교해서 약하다고 할 수는 없다.

볼란데르가 죽었다고 해도 수백에 달하는 데스나이트들은 구파일방 중 검선이나 청명이 있는 무당파를 제외한다면 그 어떤 곳도 감당할 수가 없을 것이다.

리치들 역시 마찬가지다. 수십, 수백에 달하는 리치들이 펼치는 흑마법은 그들이 벌이는 마법이 무엇인지 모른다는 점에서 난적이라고 할 수 있다.

그에 비해서 이성민은 동료가 적다. 혼자서는 할 수 없다는 것은 이성민도 잘 알고 있었다.

그가 아무리 강하다고 해도 제니엘라 하나를 감당할 자신이 없었고, 제니엘라가 이끌고 있는 수많은 인외들까지 범위를 확대한다면 절대적인 불가능이 될 수밖에 없다.

그렇기에 동료가 필요한 것이다. 허주의 죽음을 원하지 않는 야나는 이성민의 죽음도 바라지 않는다.

앞으로도, 야나는 이성민이 죽지 않게끔 하기 위해 그의 곁에서 위험을 극복하는 것에 도움을 줄 것이다.

만약 부탁을 한다면 스칼렛도 이성민을 도와줄 것이다. 이성민이 하고자 하는 것은 종언을 막는 것.

당장 이 세상을 살아가는 이들 중에, 종언이라는 끝을 막는 것에 협조하려 들지 않을 이들이 얼마나 될까.

'하지만…… 무신은 안 돼.'

무신은 신령의 꼭두각시. 신령은 종언을 바라고 있다. 하지만, 흑룡협과 창왕이라면?

그 둘이 어디에 있는지 모른다는 것이 문제기는 하지만, 만약 그 둘을 만날 수 있다면 둘의 도움을 받을 수 있을 것이다.

하지만 그것보다는, 백소고를 치료하는 것이 먼저다.

테레사를 만나야만 했다.

다음 날.

이성민은 이른 새벽에 눈을 떴다. 이미 전날 밤에 테레사를 만나러 갈 것이라고 야나와 스칼렛에게 전해 두었다.

야나는 자신도 함께 가겠다고 말했지만, 요괴인 그녀와 함께 신궁(神宮)으로 들어가는 것은 크고 작은 문젯거리가 발생할 가능성이 컸다.

야나도 그것을 납득하였기에 이번에는 함께 가지 않는다고 하였다. 스칼렛은 백소고의 곁에 남기로 했다.

이런 일은 혼자 움직이는 것이 편하다. 이성민은 천천히 자리를 떠났다.

"사제."

백소고의 목소리가 이성민을 멈추게 만들었다. 이제 막 잠에서 깬, 그런 목소리는 아니었다.

언제부터 깨 있던 겁니까, 더 주무시지 않고. 그렇게 묻자, 백소고는 뉘었던 몸을 천천히 일으키며 쓴웃음을 지었다.

"……전날의 추태가 부끄러워서."

"추태가 아니었습니다."

"내가 느끼기에는 그랬어…… 사제. 미안하고…… 고마워."

"……아닙니다."

"……바꿀 수 있다는 사제의 말. 나는…… 믿을 거야."

"예."

"……고마워."

지난밤에 너무 울어서인지 백소고의 두 눈은 붉게 충혈되어 있었다. 이성민은 희미한 미소를 지으며 백소고의 말에 답해 주었다.

"기다려 주십시오."

신궁은 남쪽에 자리한, 제갈세가가 있는 데븐을 떠나 남쪽 끝 풍요로운 남해에 자리한 도시 '프라바흐'에 있다.

프라바흐는 신앙의 도시다. 에리아에 정착한 타 차원의 종교들은 이 세상에서 살아갈 수 있도록 변형되었고, 그렇게 변형된 종교는 더 이상 타 종교를 배척하지 않았다.

그렇게, 화합하여 '교회'라는 이름으로 하나로 묶인, 온갖 차원에서 들어 온 신앙들이 프라바흐에서 꽃을 피웠다.

신궁은 교회의 상징이었다. 신궁에는 주기적으로 선출되는 교회의 교황이 살았고, 수많은 성기사들과 신관들 그리고 성인聖人인 테레사가 살고 있다.

이성민은 프라바흐에 가 본 적은 없다. 하지만 프라바흐에서 비교적 가까운 도시들에는 가 본 경험이 많았다.

데븐도, 게르무드도 프라바흐와 그리 멀지 않다. 이성민의 속도라면 하루가 채 지나지 않아 프라바흐에 도착할 수 있을 것이다.

이른 아침에 이성민은 요정마를 타고 공간을 도약했다. 시간이 조금이라도 지난 덕분인지 게르무드에 도착했을 때는 어제처럼 토악질이나 어지러움을 느끼지는 않았다. 하지만 불쾌감은 있었다. 중간 텀이 너무 짧았기 때문이었다.

불쾌감이 사라지기도 전에. 이성민은 경공을 펼쳐 먼 곳으로 달렸다. 미리 네블에게서 들은 프라바흐까지의 직선거리가 이성민의 머릿속에서 길을 알려 주었다.

신궁이 개방되는 것은 일주일 중 일요일뿐이다. 그것도 항시 개방되는 것은 아니고, 정해진 시간 외에는 신궁에 출입할 수 없다.

그곳에서 자격이 있고 진정으로 간절한 이들만이 고위 신관에게 축복과 정화를 받을 수 있다.

신궁으로 향하는 길은 사람들이 많아 북적거렸다. 신궁은 교회의 상징이자 성지다.

프라바흐에서 종교를 가지지 않은 이들은 거의 없다. 종교에 맹목적인 인들은 성지 순례를 목적으로 이 도시를 방문하고, 일주일에 한 번씩 개방되는 신궁에 들고자 줄을 선다.

경공을 쉬지 않고 달린 덕에 정오가 조금 넘어 도착했다. 이성민은 길게 늘어선 줄의 끄트머리에 섰다.

신궁은 그 이름에 걸맞은 백색의 성이었다. 얕게 열린 성문을 힐긋 보며 이성민은 거리를 가늠했다.

신궁 안으로 들어갈 수 있는 숫자는 한정적이다. 대부분은 들어가지 못하고 다음 주를 기다리게 된다.

물론, 이성민은 그럴 생각이 없었다. 정직하게 줄을 서서 기다리는 이들에게 미안하기는 했지만 이성민의 몸이 사라졌다.

그는 바람조차 일으키지 않고서 조용히 사람들의 머리 위를 가로질렀고, 굳게 닫힌 신궁의 문틈을 파고들었다.

찌릿, 하고. 무언가가 감각을 자극했다.

[걸렸군.]

아무리 이성민의 움직임이 빠르고 은밀하다고 해도. 마법의 경계를 관통하는 것은 불가능하다.

어쩔 수 없지. 마법의 경계가 있을 것임은 이성민도 알았다. 피할 수 없다는 것도 알았다. 어느 정도는 이성민의 의도대로다.

성문을 지난 그는 몇 번의 감지마법을 관통했다. 그럴 때마다 찌릿하고 감각에 저항감이 있었다. 이성민은 인적이 드문 곳에 멈추었다. 그러고는 조용히 기다렸다.

얼마 지나지 않아 성기사들이 우루루 몰려왔다. 그들은 갑옷 대신에 사제복을 입었으나, 무기는 쥐고 있었다. 그들이 누구냐고 묻기 전에, 이성민은 먼저 입을 열었다.

"나는 귀창입니다."

정체를 숨기지는 않았다.

이성민은 데스나이트 군주인 볼란데르를 죽였다. 마왕 김종현도 이성민에게 쓰러졌다.

엄밀히 말하자면 김종현을 죽인 것은 이성민이 아니지만, 교회에서 시작된 소문은 10년 동안 그렇게 전해졌다.

교회는 그것을 충분히 숨길 수 있었지만, 숨기지 않았다. 교회는 솔직했다.

게르무드에서 어떤 일이 벌어졌는지에 대해, 교회는 숨김없이 밝혔다.

그것에 이성민은 어느 정도 교회를 믿고 있었다.

"10년 전의 일에 대해 사과를 하고 싶어서 왔습니다."

그리고, 작은 부탁도. 이성민은 그것에 대해서는 굳이 말하지 않았다. 성기사들의 동요가 확산되었다.

이성민은 서두르지 않고 기다렸다. 무난하게 일을 끝낼 수 있다면 그렇게 하는 것이 가장 좋다는 것을 아니까.

"테오스 님이 직접 오실 겁니다."

조금 시간이 지난 뒤에, 성기사 중 하나가 조심스러운 목소리로 이성민에게 말했다. 이성민은 어렵지 않게 그 이름을 떠올렸다.

테오스.

백은기사단의 단장으로, 10년 전에 게르무드에서 성기사들을 이끌었던 인물이었다.

이성민은 자신에게 향하는 시선에 실린 감정들을 읽었다.

경외, 신비, 두려움.

저들이 보기에 이성민은 10년 전 죽은 것으로 알려진 인물이었고, 데스나이트 군주와 마왕을 쓰러뜨린 용사이자, 그 끝에 미쳐버린 비운의 영웅이었다.

"이성민 님."

성기사 무리가 양쪽으로 갈라졌다.

10년은 테오스에게 조금 세월의 흔적을 새겨 놓았다. 그래 봤자 잔주름이 조금 생긴 것이 고작이었지만.

그는 10년 전과 다름없는 사람 좋은 미소를 지으며 이성민에게 다가왔다. 악수를 청하며 뻗는 손길에 두려움은 실려 있지 않았다.

"오랜만입니다."

"……예."

이성민은 테오스의 손을 맞잡았다.

"눈을 뜨셨다는 이야기는 들었습니다."

"이미 소문이 이곳까지 퍼졌습니까?"

"게르무드에서 해를 입은 무림맹 무사들이 이 도시에 머무르고 있습니다."

테오스는 그렇게 말하며 이성민의 손을 놓았다. 그는 천천히 몸을 돌리며 말했다.

"일단 함께 가시지요."

"예."

테오스가 앞장서서 걸었다. 이성민은 천천히 테오스의 뒤를 따라 걸었다.

"10년 전의 일에 대한 사과…… 라."

"그때 제가 미쳐버려서, 그래서 여러 가지 일을 벌였다는 것은 저도 들었습니다."

"……지금은 괜찮으신 겁니까?"

"예."

"괜찮으시다면…… 그때 무슨 일이 있었던 것인지 들을 수 있겠습니까?"

"김종현이…… 죽기 전에 나에게 그런 마법을 걸었습니다. 나는 피할 수 없었어요. 결국, 나는 내 사저에 의해 봉인되었고, 10년이 지난 지금 눈을 떴습니다."

"아…… 그렇군요."

테오스는 이성민의 말을 의심하지 않는 눈치였다. 이성민은 천천히 말했다.

"테레사 님을 만나고 싶습니다."

"사과를 위해?"

"자그마한 부탁도."

그 말에 테오스가 머리를 갸웃거렸다.

설득은 어렵지 않았다.

교회는 이성민의 걱정보다 훨씬 협조적이었다. 교회가 다른 의중이 있거나, 제 잇속만 채우는 집단이었다면 10년 전에 게르무드에서 있었던 일들을 자신들에게 유리하게 바꾸었을 것이다.

하지만 교회는 그러지 않았다. 애초에 그들은 잇속을 채우는 집단이 아니었기 때문이다.

테오스가 10년이 지나 조금 주름이 는 것처럼 테레사도 마찬가지였다. 10년 전의 그녀는 10대 소녀였지만, 지금은 20대 중반의 여인이 되어 있었다.

테레사는 성스러운 아름다움을 가졌지만, 10년 전과 변함 없이 눈동자는 순수했다. 그녀는 양손을 모으며 이성민을 향해 꾸벅 머리를 숙였다.

"10년 전의 일에 대해서는 깊은 감사를 느끼고 있습니다, 이성민 님. 당신의 도움이 없었더라면, 저희는 10년 전의 그 끔찍한 도시에서 살아나오지 못했겠지요."

테레사는 감고 있던 눈을 떴다.

"당신과 마법사 길드장님은 목숨을 바쳐 데스나이트 군주와 마왕을 쓰러뜨렸습니다. 그리고…… 마왕의 치명적인 저주가 당신을 미치게 만들었을 때 저희는 당신에게 도움이 되지 못하고 후퇴할 수밖에 없었습니다."

"어쩔 수 없었다는 것은 저도 압니다."

"하지만 아무것도 하지 못했다는 것에 죄책감은 느낍니다. 이성민 님, 당신의 사저인 묵섬광 백소고가 저희가 하지 못했던 일을 하여 당신을 멈추게 하였다고 하셨지요. 그리고 지금 그녀는 치명적인 독에 감염되어 죽어가고 있다고요."

"예. 그러니 부디……."

"당연히 도와드려야지요."

테레사가 주저 없이 말했다.

"묵섬광 백소고의 협행에 대해서는 저도 귀가 있어서 잘 알고 있습니다. 자, 가시지요."

예상과는 다르게, 테레사는 무척이나 적극적이었다. 그녀는 즉시 몸을 일으키더니 허리에 양손을 얹고서 이성민을 바라보았다.

"테오스 님, 교황님에게 알아서 둘러대 주세요."

"알겠습니다."

"자, 갑시다."

테레사가 눈을 빛내며 말했다. 그 의욕적인 태도에 이성민 쪽이 당황했다. 이렇게 데려가도 되는 건가? 그래도 상대는 교회에 하나뿐인 성인인데?

"그런데, 10년 전과는 많이 달라지셨네요."

머리카락도 그러고. 요정마를 소환하는 이성민을 향해 테레사가 헤헤 웃으며 말했다.

그 말에 이성민은 멈칫하여 뒤로 대충 묶은 머리를 손으로 어루만졌다. 눈을 뜨자마자 바쁘게 돌아다닌 통에 머리카락도 아직 자르지 못했다.

"잘 어울리셔요. 그리고…… 10년 전에, 당신을 죽여 가던 독."

"어떻게 되었습니까?"

"……글쎄요. 이제 그것을 독이라고 해야 할지도 모르겠는 걸요. 당신 자체가 되었어요."

몸이 완전히 요괴가 되었기 때문이다. 이성민은 빙그레 웃으며 요정마의 위에 올라탔다.

이성민이 도움의 손을 건네기 전에, 테레사가 깡총 뛰어 요정마의 뒤에 올라탔다.

"그런데, 이거 타면 어떻게 되는 건가요?"

타야 할 것 같은 분위기라 타기는 했지만 테레사는 요정마에 대해 알지 못하고 있었다. 굳이 설명해 줄 필요는 없었다.

요정마가 공간을 뛰어넘었다.

"참 잘 쓰고 다닌다."

번쩍거리는 빛의 뒤에 요정마가 공간의 틈에서 뛰어나왔다. 오슬라는 요정마의 위에서 내려오는 이성민을 보고는 혀를 내두르며 말했다.

"요정마 없었으면 어쩔 뻔했어?"

"오가는 것만 몇 달은 되는 거리를 발에 불나라 뛰어다녔겠지요."

이성민은 쓰게 웃으며 대답했다. 올라탔을 때는 기세 좋았지만, 말에서 내려올 때 테레사는 죽기 직전의 얼굴이었다.

휘청거리며 내려온 그녀는 바닥에 주저앉아 양손으로 얼굴을 짚었다.

"기분 나빠……."

"선천적으로 안 맞는 사람도 있지. 멀미처럼 말이야."

오슬라가 킥킥거리며 말했다. 테레사가 힘없이 머리를 들어서 오슬라를 보았다. 곧, 테레사의 두 눈이 휘둥그레 떠졌다.

"요, 요정……?!"

"우리를 본 사람들은 항상 그런 말을 하지."

오슬라가 휘파람을 불며 노래하듯 말했다. 테레사는 멍하니 입을 벌리고서 오슬라와 함께 키득거리는 요정들을 보았다. 곧, 그녀는 정신을 다잡고서 말했다.

"묵섬광 님은 어디에 있죠?"

테레사와 함께 백소고가 있는 곳으로 향했다. 도중에 나무에 등을 기대어 앉아 쉬고 있는 야나와 눈이 마주쳤다.

야나는 이성민과 테레사를 향해 살짝 머리를 까닥거려 인사했고, 테레사는 이성민의 등 뒤에 바짝 붙어 소곤거렸다.

"저, 알아요. 휙 지나가기는 했지만 봤다고요. 꼬리 아홉 개…… 구미호죠?"

"네."

"인맥 참…… 넓으시네."

테레사가 감탄하여 중얼거렸다. 그 말에 이성민은 피식거리며 웃었다.

"빨리 왔네."

누운 백소고의 곁에 스칼렛이 있었다. 다행이야, 스칼렛은 그렇게 덧붙이며 눈을 감은 백소고의 이마를 어루만졌다.

"갑자기 정신을 잃었어. 그 전에 백소고가 미리 말해주었지. 곧잘 있는 일이니 너무 놀라지는 말라고. 그래도, 사람 마음이라는 것이 어떻게 그래?"

조금만 늦었으면 팔찌를 써서라도 이성민을 불렀을 것이다. 상황을 파악한 테레사가 이성민의 등 뒤에서 나왔다.

그녀는 백소고의 곁에 자리를 잡고서 두 눈을 감았다. 순백의 빛이 테레사를 중심으로 퍼져나가기 시작했다.

스칼렛은 움찔 놀라 뒤로 물러섰고, 이성민도 테레사와 적당히 거리를 벌렸다. 완전한 요괴가 되기는 했다지만, 여전히 그에게 있어서 테레사의 신성력은 치명적이었다.

테레사는 한참이나 신성력을 발하며 백소고의 손목을 잡았다. 이성민과 스칼렛은 테레사의 곁에 서서 걱정스러운 눈으로 백소고를 보았다.

"너무 걱정하지 않아도 돼."

그런 이성민의 곁에 오슬라가 다가왔다.

"백소고의 몸에 쌓인 독이 정화되어가고 있어. 조금 더 시간이 걸리기는 하겠지만, 독 자체는 확실하게 정화할 수 있을 거야."

이건 대단한 거야. 오슬라가 키득거리며 말했다.

"요정의 여왕인 나조차 어찌하지 못했던 독이었어. 존재에 새겨져 중독시켜 죽이는 독이었지. 그것을 신성력만으로 정화하다니…… 교회의 유일한 성인이라더니, 그리 불릴 만한걸."

조금 더 시간이 지났다. 테레사가 천천히 눈을 떴다.

"휴우."

그녀는 짧은 숨을 몰아쉬며 이마를 타고 흐른 땀을 닦았다.

"됐어요."

테레사가 환히 웃으며 말했다.

"끝났어요."

테레사의 곁에서 백소고는 평온한 안색으로 숨을 쉬고 있었다.

보고 있었다.

그녀는, 모든 것을 보고 있었다. 긴 세월의 잠은 그녀의 육체를 구속하였지만, 정신이 구속된 것은 아니었다.

애초에 그녀는 육체와 정신에 구속되지 않는 초월적인 존재였고, 그녀가 원한다면 그녀의 정신은 언제고 잠들어 있는 육체를 떠날 수 있었다.

그렇게, 그녀는 자신이 사랑하는 연인을 지켜보았다. 마나와의 계약을 어겨 마법적인 능력을 상실했다고는 해도.

다리가 거의 움직이지 않아 휠체어 신세가 되었다고 해도. 마법으로 노화를 완전히 억누르지 못해 주름진 노인이 되었다고는 해도.

정령의 여왕은 카인이라는 인간을 사랑했다. 그것은 각인과도 같았다. 정령의 여왕이 카인에게 품은 애정은 절대 지워지지 않을 각인이었다.

소환.

그리고 계약.

수많은 정령사들이 모든 정령의 왕과 계약하는 것을 꿈꾸었지만, 그것을 해낸 것은 카인뿐이었다.

카인은 최초로 정령의 여왕을 불러 계약을 맺었다. 여왕은 처음으로 자신을 소환해 낸 소환자에게 친애로서 자신의 이름을 알려주었다.

하지만 정령의 여왕은 이 세상에 소환되어서는 안 될 존재.

대신에, 그녀가 부리고 있는 수많은 정령이 카인의 명을 따르게 되었다. 그런 식으로도 좋았다.

정령의 여왕은 최초로 자신을 소환한 카인에게 짙은 애정을 갖게 되었다.

카인은 이 세상 그 무엇과도 대등하게 연결되어 있지 않던 여왕에게 유일한 이해자이자 계약자였다.

집착이 먼저였는지, 애정이 먼저였는지. 지금 와서 여왕은 알 수가 없었다.

계기는 중요하지 않았다. 정말로, 여왕에게 계기는 '따위'라 할 만한 것밖에 되지 않았다. 사랑했고, 지켜주고 싶었다.

그래서 약속을 어기면서까지 카인을 구원했다. 그의 운명을 구하고자 했다. 종언? 알 바가 아니었다. 카인과 함께라면 모든 것이 좋았다.

그런 카인이 죽었다.

비참한 죽음이었다. 카인을 위해 만들어 준 공간, 카인을 위해 만들어 준 저택.

언젠가 눈을 뜨게 된다면, 육체가 자유롭게 된다면. 저곳에서 카인과 함께 사는 것을 상상하곤 했었는데.

그 저택의 문을 두들겨 찾아온 악마가 카인의 목을 죄어 죽였다. 동생? 그런 말을 했었던 것 같은데, 여왕에게 있어서 그것은 큰 의미가 없었다.

그녀에게 중요한 것은, 카인이 죽었다는 것. 카인을 죽인 인간도 죽어버렸다는 것뿐이었다.

어떻게 하지, 어떻게 하지.

잠든 육체 속에서 여왕의 정신은 빙빙 맴돌았다. 갈 곳 잃은 증오와 복수심이 그녀의 정신을 잠식해 갔다.

왜 카인이 죽었어야 했지? 내가 구했는데. 약속을 어기면서까지, 그의 운명을 구원했는데. 왜 카인이 죽었지?

세상을 구하기 위해서.

그래, 그것이었다. 종언을 막기 위해서. 그에 대한 제물로서 카인이 죽어버렸다.

고작, 그런 이유로. 여왕에게 있어서 그것 또한 '고작'이라 할 만한 것밖에 되지 않았다.

세상이 멸망하든 말든 그게 대체 무슨 상관이란 말인가. 카인은 그 저택 안에서, 계속해서 여왕과 행복하게 살았어야만 했다.

그런 카인이 죽었다. 세상 따위를 구하고자, 카인이 죽게 되어버렸다.

"안 돼."

눈을 뜬 여왕은 가장 먼저 그것을 말했다. 견딜 수 없는 증오와 분노가 그녀의 눈을 뜨게 만들었다.

본래는 이보다 더 긴 시간 잠을 자야만 했다. 지금으로써는 상관없었다. 여왕은 모든 것을 포기할 생각이었다.

약속도, 정령의 여왕이라는 자신의 존재도. 이 세상이 끝나고서 돌아가게 될 새로운 세계도. 자신이 다스리는 모든 정령도 전부.

카인이 죽었다. 그렇게 죽었는데, 결국 카인의 죽음은 세상의 운명을 바꾸지 못했다.

그것이 여왕을 분노하게 만들었다. 눈을 뜬 그녀는 스스로 종언의 재앙 중 하나가 될 셈이었다.

모든 약속을 무시하고 세상에 강림할 셈이었다. 스스로 약속을 포기하고 파멸을 받아들인 이상 세상에 강림해서는 안 된다는 법칙은 그녀를 옭아 죄지 못한다.

애초에 그것은 신령과 마령에 의한 것. 정령 여왕 스스로가 종언이 되기를 바란다면, 종언의 운명을 가진 세상은 그것을 거절하지 않는다.

눈을 뜬 여왕이 자신의 방을 나섰다. 모든 정령이 여왕이 눈을 뜬 것에 그녀의 궁전 아래로 모였다.

그들은 하나의 정신으로 이어져 있었다. 모든 정령이 여왕의 분노를 알았고, 증오와 복수심을 알았다. 그리고 그것에 공감했다.

인공 정령인 루비아만이 여왕의 발치에서 두려움에 몸을 떨었다. 여왕은 루비아에게 시선을 주지 않았다.

지독한 복수심과 증오, 분노가 그녀의 시야를 좁게 만들었다.

여왕은 선언할 셈이었다. 파멸을 받아들이고 멸망의 사도가 되기를. 모든 정령이 멸망의 의지를 갖고 세상에 강림할 것이다.

그 수많은 멸망을 지위 하며 여왕은 세상을 지워버릴 것이다. 물의 정령이 바다를 미쳐 날뛰게 만들어 해안 도시부터 파도로 삼키게끔 할 것이고, 대지의 정령이 모든 땅을 뒤흔들 것이다.

불의 정령은 대지의 정령이 만든 틈에서부터 용암을 내뿜게

할 것이다.

바람의 정령은 그로 인해 붙은 불꽃을 모든 세상으로 내보낼 것이다. 그리고, 정령의 여왕은 기쁘게 그것을 지켜볼 것이다.

정령의 여왕이 양손을 들어 올렸다. 이제, 그것을 선언할 셈이었다.

그럴 셈이었다.

'그것'은 어느 순간부터 모든 정령의 뒤에 있었다. 그 어떤 정령도, 심지어 이 정령계를 지배하고 있는 여왕조차도 그것의 존재를 눈치채지 못했다.

그것은…… 정령계에 정령 외의 존재가 들어와서는 안 된다는 기본적인 법칙조차도 가볍게 무시했다.

그것은 존재만으로 모든 법칙에 초월 되어 있는 위치에 있었다.

새카만 천이 펄럭거렸을 때. 그것과 정령의 여왕 사이에 있는 모든 정령이 소멸했다. 그제야 정령의 여왕은 그것의 존재를 눈치챘다.

"정령의 여왕."

그것.

그녀는 권태 가득한 목소리로 중얼거렸다.

"사라헨느."

여왕의 이름이었다. 카인 외에는 알아서는 안 될 그 이름이,

그녀의 입에서 흘러나왔다.

어느새인가, 이것은 그녀에게 지루한 작업이 되었다.

던전을 떠도는 것도. 그것을 박살 내고, 힘을 흡수하고, 불어나는 힘이 이전과 큰 차이를 느끼지 못하고, 계속해서 떠돌고, 끝없이.

그것이 벌써 10년, 10년 전에 한 번 목소리를 냈었지. '그 녀석을 구해줘'라고. 거절했다면 내가 자살했을 거야.

"이곳까지 오느라 힘들었어."

위지호연은 정령의 여왕을 바라보며 말했다. 공략한 던전의 숫자는 오래전에 잊었고, 수를 세는 것을 포기했다.

위지호연이 여태까지 공략해 온 던전들은 언젠가 때가 되었을 때 일제히 개방되어 에리아를 끝내는 종언의 재앙이 된다.

이제, 그 종언은 오지 않는다.

"너는 몇 번째지?"

위지호연은 머리를 갸웃거리며 물었다.

몇 번째 재앙이냐고.

이해하지 못했다.

정령의 여왕, 사라헨느는 저 너머에서 자신을 바라보고 있는 위지호연을 보면서 두 눈을 가늘게 떴다.

이곳은 정령계.

사라헨느가 다스리는 곳으로, 정령 외의 존재는 절대로 이 세상에 존재할 수가 없다.

그것은 정령계를 지배하는 여왕, 사라헨느로서도 어쩔 수 없는 가장 기본적인 법칙이었다.

그렇기 때문에 사라헨느는 카인을 정령계에 데려다 놓지 못하고, 정령계와 겹쳐진 좌표에 자그마한 공간을 만들어다가 그곳에 카인을 지내게 했었다.

위지호연은 정령이 아니다. 그런데도 이곳, 정령계에 존재하고 있다. 정령계를 구성하고 있는 가장 기본적인 법칙이 위지호연에게 부정되고 있는 것이다.

"넌…… 누구냐?"

사라헨느는 위지호연을 노려보면서 질문했다. 왜 인간이 이곳에…… 아니, 그것보다.

저것은 정말로 인간인가?

위지호연은 그 질문에 대답하지 않았다. 그녀는 권태 가득한 표정을 흩트리지 않고서 발을 앞으로 뻗었다.

위지호연의 발이 땅에 닿은 순간이었다.

콰드드드득!

대지 전체가 송곳이며 칼날이 되어 위지호연의 몸을 찢으려 들었다.

이 세계에 가득한 정령들의 일부가 소멸했다지만, 아직 정령은 많아도 너무 많았다. 그 정령들 모두가 사라헨느의 의지대로 위지호연을 죽이려 들고 있었다.

대지의 정령들은 대지 자체가 되었으나, 그들의 공격은 위지호연을 위협하지 못했다.

덮치던 대지의 칼날과 송곳은 위지호연에게 닿은 순간, 그 궤적이 강제적으로 비틀리더니 다른 방향으로 쏘아졌다.

위지호연이 존재하는 공간 자체가 왜곡되어 그녀를 보호하고 있었다. 그것은 호신강기 같은 것과는 비교하는 것이 모욕일 최고 수준의 방어 결계였다.

"많아."

위지호연이 중얼거렸다. 그녀는 천천히 머리를 돌렸다. 모습을 숨긴, 셀 수 없이 많은 정령이 위지호연의 눈에는 모두 보이고 있었다.

위지호연은 저것들을 모조리 죽여 버릴 생각이었다. 물론, 정령의 여왕도 함께. 그것만을 위해 위지호연은 정령계까지 왔다.

물론, 쉬운 일이 아닐 거라는 것을 위지호연도 알고 있었다. 그녀가 이번에 맞서야 할 상대는 정령의 여왕인 사라헨느.

위지호연이 10년 동안 상대해 왔던 던전과 그 안에 있는 보스 몬스터들과는 비교가 안 되는 강자다.

'그래도, 마지막 던전 다섯 개는 조금 힘들었지.'

죽을 뻔하기도 했었다. 최후의 던전 다섯 개는 진정으로 이 세상을 끝내기 위한 종언의 괴물들이 잠들어 있던 곳이니까.

하지만, 죽지 않았다. 결국 위지호연은 살아남았고, 이 세상에서 모든 던전을 지워버렸다. 앞으로 에리아에 던전이 나타날 일은 없을 것이다.

위지호연이 보낸 10년은, 여태까지 그녀가 살았던 삶 중에서 가장 밀도 깊은 시간이었다.

쉬지 않고 싸웠다. 싸움 뒤에는 곧바로 다른 싸움을 찾아 떠났다. 그 모든 것이 위지호연을 괴물 중의 괴물로 제련했다.

타고난 재능, 주어진 재능, 경험.

이번에도 꽤 힘들 거야.

위지호연은 그것을 감지했다. 끝없이 많은 정령. 그 뒤에 서 있는 정령의 여왕.

특히 여왕은 조심해야 한다. 그녀는 진정한 의미의 초월자이며, 초월자는 불멸자(不滅者)이기도 하다.

게다가 이곳은 정령계. 정령과 정령의 여왕이 어떠한 페널티도 없이 힘을 발휘할 수 있는 공간이다.

그래도. 할 수 있다. 해야만 한다. 위지호연은 모든 정령의 적의를 몸으로 받아내며 앞으로 나아갔다. 불꽃의 정령들이 힘을 발했을 때, 위지호연은 지옥 불의 한가운데를 걷게 되었다. 사방에서 솟구치는 열기와 불꽃이 그녀를 덮친다.

그 너머로 바람의 정령들이 폭풍을 일으켰다. 사라헨느는 움직이지 않고서 위지호연을 지켜보고 있었다.

"응."

위지호연은 살짝 머리를 끄덕거렸다.

"묻고 싶은 것이 있어요."

테레사가 입을 열었다. 그녀의 곁에 잠들어 있는 백소고의 상태를 보고 있던 이성민은 머리를 돌려 테레사를 보았다.

그는 테레사에게 깊은 감사를 느끼고 있었다. 만약 테레사조차도 백소고의 독을 어찌할 수 없다고 대답했다면, 그 뒤에 무엇을 해야 할지 정말로 막막했을 것이다.

"무엇입니까?"

그래서. 이성민은 테레사에게 깊은 호의를 갖게 되었다. 그녀가 무언가를 부탁할 때, 그것이 할 수 있는 일이라면 무조건 들어 줄 생각이었다.

"당신은 무엇을 하려는 것인가요?"

테레사가 이성민을 빤히 보며 물었다. 그것은 꽤 의외의 질문이었다. 이성민이 대답 없이 자신을 지켜보자, 테레사가 가볍게 숨을 들이켜며 말했다.

"이상하잖아요."

"무엇이 말입니까?"

"이성민 님. 당신은 10년 전에 데스나이트 군주와 마왕을 쓰러뜨렸어요. 그리고 마왕의 저주로 미쳐 버렸죠. 그리고 10년이나 지난 지금, 제정신이 되었고요."

"그렇죠."

"그런 당신은 앞으로 무엇을 할 생각인가요?"

보세요. 테레사가 백소고를 내려 보며 말했다.

"묵섬광 백소고. 그녀는 협객으로 이름이 높고, 그 무위는 정파와 사파 무림을 통틀어 다섯 손가락 안에 꼽힐 것이라고 평가받고 있어요."

"잘 아시는군요."

"신궁에 틀어박혀 있으면 바깥의 소문이 참 재미나거든요. 저는 아는 것이 많아요. 들은 이야기들도 많고."

테레사는 그렇게 말하며 배시시 웃었다.

"그리고 적색 현자. 마법사 길드를 나와 독자적으로 마탑을 세우고, 차별 없이 제자들을 들여 마법을 가르치고 있는 분이죠. 마법사 길드 쪽에서는 적색 현자를 그리 좋아하지 않는다는 모양이지만, 그녀의 실력은 이미 대부분의 마탑주들을 뛰어넘었다고 하던데."

이성민은 근처에 있는 스칼렛을 힐긋 보았다. 시선이 닿자 그녀는 으스대듯 가슴을 펴면서 흐뭇한 표정을 지었다.

"그리고 어르무리의 구미호."

야나는 근처에 없었다. 그녀는 강력한 신성력을 발휘하는 테레사가 껄끄러운 듯, 제법 거리가 떨어진 곳에 앉아 있었다. 하지만 이곳에서 오가는 모든 이야기도 야나의 귓가에는 들릴 것이다.

"10년도 전에, 요괴 도시인 어르무리의 주인이 바뀌었었죠. 전대 주인을 패퇴시키고 그 자리를 꿰찬 것이 야나. 그리고…… 요정들까지."

뒤죽박죽이잖아요.

"안 그래요?"

사정을 모르는 테레사가 보기에는 기묘한 조합일 것이다. 당대 최고 수준의 마법사와 협객과 요괴와 요정의 여왕. 공통점 없는 이들이 한 곳에 모여 있다.

"당신 때문이죠?"

테레사가 웃으며 물었다.

"예."

이성민은 숨기지 않고 대답해 주었다. 백소고의 목숨을 구해주었으니, 테레사에게 그만한 대우를 해 줄 생각이었다.

애초에 이런 대화는 숨겨야 할 것도 아니다. 이성민이 솔직하게 대답하자 테레사의 두 눈이 호기심으로 반짝거렸다.

그녀는 이성민 쪽으로 머리를 기울이며 질문을 계속했다.

"당신은 대체 뭘 하고 싶은 건가요? 아니, 뭘 하려는 거죠?

이만한 전력을 모아서요. 숫자가 적다고는 해도, 이곳에 모인 이들은 이성민 님, 당신을 포함해서 도시 하나를 손쉽게 뒤집어 버릴 강자들이에요. 설마, 세계 정복이라도 하겠다는 것은 아니죠?"

"소설을 너무 많이 보신 것 아닙니까?"

"꽤 그럴듯하다고 생각했는데……."

"그럴 생각은 없습니다. 나는 단지……."

테레사는 종언에 대해 모른다.

그것은 야나도 스칼렛도 마찬가지다. 야나가 이성민을 돕는 것은, 종언을 막기 위해서가 아니라 이성민의 머릿속에 허주가 있기 때문이다.

스칼렛은 이성민에 대한 호의와, 백소고에 대한 걱정으로 여태까지 힘을 보태주었다.

앞으로의 일을 생각한다면 지금이라도 밝혀 두고 협조를 구하는 편이 나을까.

정령의 여왕이 언제 눈을 뜰지 모른다. 하지만 정령의 여왕이 아직 눈을 뜨지 않았다고 해도,

뱀파이어 퀸이 있다. 프레데터가 있다. 언제 눈을 뜨고서 강림할지 모르는 정령의 여왕과는 달리, 뱀파이어 퀸과 프레데터는 이 세상에 실존하고 있는 위협이다.

"……야나 님."

이성민은 조용히 야나를 불렀다. 그럼, 어떻게 이야기를 해야 하는 것일까. 이성민은 잠시 고민에 잠겼다. 언젠가 세상이 멸망한다. 그것을 밑도 끝도 없이 말해야 할까.

"말해도 괜찮을 거야."

머릿속을 정리하는 이성민의 곁으로 오슬라가 날아왔다.

"뱀파이어 퀸이 미래를 보지 못하게 되었잖아. 그것은 이 세상이 완전히 종언의 운명으로 고정되었다는 뜻이야. 인제 와서 종언과 그 이유에 대해 떠들어 봤자 바뀌는 사실은 없게 돼."

희망적인 말은 아니었다. 오슬라의 말이 사실이라면, 이제 와서 어떤 발악을 하든 간에 종언을 피할 수 없다는 말이니까.

시험해 볼 요량으로 이성민은 종언에 대해 말해 보았다.

특정 단어, 특정 주제. 그것에 대해 언급한 순간부터 종언의 사도의 위협이 들어온다.

애초에 종언의 사도라는 것은 이 세상의 진실에 대해 발설하는 것을 금하기 위한 시스템이다.

목덜미의 서늘함이 없다. 오슬라의 말대로였다. 이미 이 세상은 종언의 운명으로 고정되었다.

모든 이야기가 끝났을 때. 야나는 아무런 말도 하지 않았다.

그녀는 깊은 눈동자로 이성민을 지켜볼 뿐이었다. 야나와는 다르게 스칼렛과 테레사는 노골적인 반응을 보였다.

특히 테레사는 반쯤 벌리고 있던 입을 다물며 꿀꺽 침을 삼켰다.

"허주는 무엇을 바라고 있습니까?"

야나가 물었다. 이번에도, 그녀는 허주의 의사를 묻고 있었다.

"내가 바라는 것을 바라고 있습니다."

"그렇다면 나 역시 당신이 바라는 것을 바랍니다."

야나는 머리를 살짝 숙이며 말했다. 변하는 것은 없었다. 야나가 마령에게 힘을 받은 존재라는 것과 마령이 수상쩍다던 라플라스의 말이 계속해서 마음에 걸릴 뿐이다.

"그래서……."

테레사가 떨리는 목소리를 냈다.

"당신은…… 그, 종언을 막기 위해서……."

"예."

이성민이 대답하자 테레사는 양손으로 얼굴을 덮었다. 그녀는 대체 어떤 대답을 해야 할지 알 수가 없었다.

이 세상의 존재 목적이나, 예정되어 있는 멸망.

여태까지 살면서 단 한 번도 생각해 보지 않은 주제였고, 그럴 것이라고 상상해 본 적도 없던 진실들. 당혹스러워하는 테레사는 고작해야 이십 대 중반이었다.

살아온 시간보다 앞으로 살아가야 할 시간이 훨씬 많았다.

"……바꿀 수…… 있는 건가요?"

"모릅니다."

바꿀 수 있다고. 그렇게 말하지는 않았다.

"그래도, 바꾸기 위해 할 수 있는 모든 일을 할 생각입니다."

이성민은 그렇게 말하며 백소고를 내려 보았다.

백소고는 두 눈을 뜨고서 이성민을 올려 보고 있었다. 백소고가 진즉부터 눈을 떴다는 사실은 이성민도 알고 있었다.

탁기가 가득하여 혼탁했던 백소고의 두 눈은 그때보다 맑아져 있었다. 테레사는 어쩔 줄 몰라 하며 고개를 푹 숙였다.

죽고 싶지 않다.

대부분의 이들이 그런 생각을 하고 있을 것이다. 그래서, 테레사는 더욱 이해할 수가 없었다.

"뱀파이어 퀸은 왜 종언을 바라고 있는 것이죠?"

"인간 아닌 존재를 인간이 어찌 이해할 수 있겠습니까?"

이성민으로서도 그렇게 말할 수밖에 없었다. 뱀파이어 퀸, 제니엘라는 수백 년 전부터 학살포식의 출현을 위해 모든 것을 준비해 왔다.

학살포식의 존재가 이 세상을 끝내버리는 것임을 알았음에도, 제니엘라는 학살포식의 출현을 바라였다.

그리고 이제는 자신의 손으로 새로운 학살포식을 만들어내려 하고 있다.

테레사는 양손으로 얼굴을 덮고서 머리를 푹 숙였다. 고민할 여지도 없는 일이었다.

종언의 운명이라는 것이 바뀔 수 있다면, 무조건 바뀌어야 하는 것이 좋은 일 아닌가.

"……데려다주실 필요는 없을 것 같네요."

테레사는 한숨을 쉬면서 숙인 머리를 들었다.

"제가 도울 수 있는 일이 있다면 돕겠어요. 그래 봤자 이런 식으로 상처를 치료하거나 하는 일뿐이지만…… 아니, 그것도 당신에게는 별 도움이 안 될 것 같지만요."

테레사는 시무룩해 하면서 이성민을 보며 말했다. 요괴의 몸뚱이를 가진 이성민이나 완전한 요괴인 야나에게 있어서, 테레사의 신성력은 도움은커녕 독밖에 안 된다.

"감사합니다."

이성민과 야나가 테레사의 덕을 볼 수는 없다지만, 백소고와 스칼렛은 아니다.

그리고 앞으로 싸우게 될 프레데터의 괴물들에게 있어서도. 이성민은 테레사를 향해 빙그레 웃어 주었다.

"엿 같은 세상."

스칼렛이 내뱉었다.

"하고 싶은 것도 다 못 했어. 마법 외길 걷겠다고 내 꽃다운 청춘도 다 바쳤지. 내가 가장 아름답고 활력 넘치던 젊은 시절은 므쉬의 산에서 씻지도 못하고 옷도 못 갈아입으면서 똥 냄새 풍기느라 보냈고."

그 시절의 스칼렛을 떠올려 본다. 꾀죄죄한 몰골의 그녀는 개방 거지보다 지저분해 보였었다.

"이 빌어먹을, 마법사 인생을 사느라 아직 연애도 못 해보고 결혼도 못 했어. 그런데 종언? 세상이 망해 버린다고?"

까드득.

스칼렛이 이를 갈았다.

"그건 안 돼. 나는 오래 살 거야. 존나 오래. 내가 여태까지 고생하고 못 즐긴 만큼, 앞으로 떵떵거리며 즐길 거라고."

"지금이라도 즐기면 되는 것 아닙니까?"

"그걸 말이라고 하냐? 연구도 아직 다 안 끝났는데 즐기기는 뭘 즐겨!"

대의 따위는 없이, 스칼렛은 지극히 개인적인 이유만으로 종언에 분통을 터뜨리고 있었다.

오히려 그런 것이 일반적인 반응일 것이다. 따지고 보면 이성민이 종언을 막고자 하는 것도 지극히 개인적인 이유였다.

그것에 몇 가지가 더해졌을 뿐이다. 사마련주의 죽음과 아벨의 죽음. 백소고를 위해서.

'너는.'

이성민은 위지호연을 떠올렸다.

그녀는 어떤 이유로 종언을 막고자 하는 것일까.

“훌륭하구나.”

레비아스는 피에 흠뻑 젖은 양손을 아래로 내렸다. 조금 지쳐서 내뱉는 호흡 저편에서 짝짝하는 박수 소리가 들리고 있었다.

“처음, 권존의 딸인 너를 제자로 들이기로 하였을 때. 나는…… 네가 나의 제자 중에서 가장 우수하게 될 것이라 믿어 의심치 않았지.”

레비아스는 월후의 말을 들으며 아래를 내려 보았다. 그곳에는, 방금 전에 레비아스가 때려죽인 사저가 널브러져 있었다.

그녀뿐만이 아니었다. 이 암실(暗室)에는 레비아스를 포함하여 열다섯이 있었다. 모두가 여자로, 월후가 평생 거두어 키워 온 제자들이었다.

불과 며칠 전까지만 해도 사형제로서, 친자매처럼 웃으며 지내왔다.

그간 보낸 10년은 레비아스에게 있어서 많은 의미가 있었다. 친부(親父)를 잃고, 복수심을 가득 품고서 이 산으로 와 월후의 제자가 되었다.

월궁에서의 생활은 언젠가의 복수를 위한 것이었으나, 10년의 세월은 복수심을 퇴색시켰다.

이곳은 평온했고, 평화로웠다. 속세와 완전히 떨어진 하늘 위의 월궁은 달과 가까웠고 지상과는 멀었다.

지상의 온갖 분란과 동떨어진 이곳은 금욕과 절제의 왕국이었다. 모두가 조용했고, 서로를 배려했다.

모습을 잘 보이지 않는 사부는 제자들이 먹고 마실 것과 익힐 무공을 아낌없이 베풀었다.

10년 동안, 레비아스는 월궁에서 살았다. 친자매와 같던 사저들은 모두가 레비아스에게 상냥했다.

이곳에 살아가는 월후의 제자 중에 사연 없는 이들은 없었다. 모두가 서로의 상처를 핥고 보듬었다.

레비아스는 자신이 부드러워지고 있다고 생각했다. 복수심을 잊어갔다.

아니었다.

모두가 그랬다. 10년 동안 모습을 보이지 않던 사부가, 대뜸 직전 제자를 고르겠다고 하였을 때. 열다섯 중에 가장 강한, 살아남은 제자에게만 비전 무공을 전수하겠다고 하였을 때.

모두가 동시에 서로에게 덤벼들었다. 월궁 속에서 억누르고 있던 본성과 각자의 사정. 그것은 예기를 잃지 않고 가슴 깊이 숨겨 놓았을 뿐이었다.

레비아스도 그랬다. 그녀는 자신이 부드러워지고 있는 것이 아님을 알았고, 복수심을 잊은 것이 아니었음을 깨달았다.

단지, 깊이 숨겨 놓았을 뿐이었다. 다른 누군가가 알아차리지 못하도록. 괜스러운 상황에서 꺼내게 되지 않도록.

살아남았다. 자매처럼 지내던 이들을 죽였다. 10년이다. 고작해야 10년. 10년을 자매처럼 지낸 이들보다, 수백 년 동안 부녀지간이었던 아버지의 복수를 더 중히 여기는 것이 당연하지 않은가.

당신들도 그렇게 생각했을 것이다. 각자의 사정, 사연. 그런 것들로 서로를 죽이려 들었겠지. 레비아스는 씁쓸한 눈으로 피에 젖은 손을 털었다.

"이리 오거라."

암실의 문이 열렸다. 그 너머에 월후의 모습은 보이지 않았다. 10년 동안 월후는 제자들에게 모습을 비추지 않았다. 하지만 목소리는 계속해서 들려서, 제자들을 인도했다.

레비아스는 월후의 목소리를 따라 방을 나왔다. 긴 복도를 걸으며 월궁의 가장 깊은 곳으로 향했다.

그 누구도 들이지 않는 월후의 침소를 향해서. 닫힌 문을 열어가는 레비아스의 손에는 그 어떤 주저도 없었다. 문이 열리고.

텅 빈 방과 허공에 뜬 자그마한 빛의 구체와 그 안에서 꿈틀거리는 살점들을 보았을 때.

뒷걸음질 쳐 방을 나가려 했을 때, 문이 닫혔다. 빛의 구체 안에서 월후의 목소리가 들렸다.

이리 오라고. 더 가까이. 말을 할 때마다 살점이 꿈틀거렸다.

자세히 보니, 목소리를 내고 있는 것은 박살 난 머리의 파편이었다. 그중 입술까지 남아 있는 턱의 일부가 월후의 목소리를 내고 있었다.

"복수할 힘을 주마."

레비아스의 몸이 바르르 떨렸다.

테레사는 신궁으로 돌아가지 않기로 하고, 이 숲에 남기로 하였다. 그래도 걱정을 끼치고 싶지 않은 모양인지, 테레사는 이성민에게 편지를 전하는 것을 부탁했다.

결국 이성민은 야밤 중에 요정마를 타고 신궁에 다녀와, 잠들어 있는 테오스의 머리맡에 테레사의 편지를 두고 왔다.

이것으로 이성민은 종언, 정확히 말하자면 뱀파이어 퀸과 프레데터에 대항할 자기만의 세력을 손에 넣었다.

백소고, 스칼렛, 야나, 테레사. 숫자는 적지만 누구도 무시하지 못할 이들이다.

여기에 더.

이성민은 흑룡협과 창왕을 떠올렸다. 그 둘이 아직까지 살아 있다면, 높은 확률로 이성민의 편이 되어줄 것이었다.

그들로서도 종언이라는 것으로 모든 것이 끝나는 것을 바라고 있지는 않을 테니까.

흑룡협과 창왕은 한때 천외천 소속이었으나, 무신의 행동에 정이 떨어져 무신을 배신했다. 그때, 무신과의 싸움에서 둘은 죽지 않았으니 10년이 지난 지금도 아마 살아 있을 것이다.

문제는 그 둘을 어디서 찾느냐는 것이다. 확실한 특징을 가진 이들이기는 하지만, 에레브리사를 통해 얻은 정보로도 창왕과 흑룡협의 위치를 파악하지 못했다.

일주일의 시간이 흘렀다. 일주일 동안 백소고는 일 년간의 중독으로 인해 약해졌던 몸을 완전히 회복했다.

이성민은 여유를 가지고서 자신의 상태를 점검했다. 육체가 완전해졌기에, 10년 전보다 강해진 것은 틀림없는 사실이다.

하지만 더 나아갈 수 있다. 아직 남은 여지가 있다. 그에 대해서 확실한 길을 제시해 주고 있는 것은 사마련주에게서 계승 받은 힘이었다.

환골탈태.

사마련주는 흑룡협을 데리고 있던 마차에서 그것에 대해 말해주었었다.

'초월지경에 올라, 무공과 육체에 더 이상의 발전 여지가 없게 되면 다시 한번 환골탈태를 겪는다. 그 과정에서 발전할 여지가 없던 몸뚱이와 무공은 더욱 앞선 곳으로, 초월적인 곳으로 나아가게 되지. 사실상 그 시점에서 몸뚱이는 인간을 아득하게 초월한다. 사고와 행동은 일치하게 되고 오성은 활짝 열려 대부분의 무공서는 한 번 읽는 것으로 완벽하게 이해하게 되지. 내공은 마르는 일이 없고 단전은 무의미하게 된다. 몸 전체가 단전이 되어 내공을 끌어낼 필요가 없어진단 말이지.'

이성민은 혹시나 싶어서 네블을 불러다가 상승무공서 하나를 구입해 보았다. 그러고는 그 자리에 앉아 무공서를 읽기 시작했다. 스킬의 도움으로 쉽게 익히는 것이 아니라, 가진 오성만으로 무공서를 이해하려 해 보았다.

"……으음."

어느 정도 이해할 수는 있었다. 이성민이 도달한 무위와 그간 쌓은 무리도 세상에서 손에 꼽힐 정도였으니까.

하지만 그렇다고 해서 이성민의 오성이 뛰어난 것은 아니다. 이성민이 이만한 무위를 손에 넣을 수 있었던 것은 그만한 노력과 사건, 운이 뒤따라줘서지 가진 재능과 오성이 뛰어나서는 아니다.

'오성이 활짝 열려 대부분의 무공서는 한 번 읽는 것으로 완

벽하게 이해…… 그게 대체 뭔 감각인지 감도 안 잡히는군.'

평생을 둔한 오성을 지니고 살아온 탓에 사마련주의 말이 당최 이해가 가지 않았다.

어떻게 사람이 한 번 보는 것으로 무공서를 완전히 이해한단 말인가? 내심 기대하기는 하였는데, 아직 이성민의 육체는 사마련주가 도달한 수준에 닿지 못한 듯했다.

그것이 아쉽기는 했지만, 잘되었다는 생각도 들었다. 지금도 더 강해질 여지가 남아 있다는 뜻이었기 때문이다.

그러던 중에 셀게루스가 창을 완성했다. 셀게루스가 새로 만들어 준 창은 이성민의 손에 딱 맞았다.

임시로 쓰던 창이 박살 났다는 말에 셀게루스가 어이없다는 표정을 지었지만, 생각했던 것처럼 엄청나게 화를 내지는 않았다. 이제는 그냥, 그러려니 하는 모양이었다.

"그러고 보니, 사저. 본래 내가 쓰던 창은 어디로 갔습니까?"

"……음. 그게…… 부러졌어."

백소고가 미안하다는 표정을 지으며 말했지만, 신경 쓰지는 않았다. 창 하나 부러지는 것으로 끝났으니 오히려 다행이라는 생각이 들었다.

새로운 창이 어느 정도 손에 익었을 때.

이성민은 외출을 준비했다.

여러 가지 의문이 있었다. 위지호연이 대체 어디에 있는 것일까, 라는 것부터.

마령의 진의는 무엇일까. 천외천은 10년 동안 무엇을 하였을까. 무신은 어디에 있고 영매는 어디에 있을까.

차근차근, 해 볼 생각이었다. 다행히 어느 정도 단서는 있다. 이성민은 용병왕이라 불리는 자가 천외천의 도존이라는 사실을 알고 있었다. 아직 용병왕은 죽지 않았으니, 천외천의 근황에 관해 알아보려면 놈을 파고드는 것이 먼저일 것이다.

그리고, 혈맹.

혈마.

현재로써 의문인 것은 이것이다. 그때, 백소고를 구하러 가기 위해 갔던 뱀파이어 퀸의 저택에서 제미니는 참 많은 것을 알려 주었다.

그것에 대해서 제미니는 단순한 시간 끌기라고 말했지만, 지금 와서 생각해 보면 의문이 너무나도 많다.

제미니는 혈맹의 혈마가 뱀파이어 퀸의 두 번째 혈족이라고 알려 주었다.

왜 굳이 그런 말을 했던 것일까. 그 상황에서 제미니가 그런 말을 할 필요는 없었다.

하지 않아도 될 말. 밝히지 않아도 될 정보.

혈맹이 프레데터와 연관이 있다는 것은 대외적으로 밝혀진 일이 아니었다.

이성민이 가진 전력으로는 트라비아에 있는 제니엘라에게 도전할 수는 없다. 그녀는 미지수의 힘을 가지고 있고, 트라비아는 그녀가 오랜 세월 동안 살아온 터전이다.

[똥개도 제집에서는 좀 먹고 들어간다는데. 제니엘라는 똥개 정도가 아니지.]

허주의 비유는 저렴했지만 틀린 말은 아니었다. 그래, 트라비아에 있는 제니엘라에게 도전하는 것은 지금으로써는 무리다.

하지만 혈마는 다르다.

혈맹의 혈마. 제니엘라의 두 번째 혈족.

혈맹에 대체 얼마만큼의 힘이 몰려 있을지는 모르지만, 제니엘라가 직접 있는 트라비아와는 비교가 안 된다. 이성민은 제니엘라를 죽일 수 없다. 하지만 혈마는 어떨까.

'무슨 생각인지 모르겠어.'

제미니가 이것을 의도한 것일까? 그렇다는 생각밖에 들지 않았다. 백소고를 구해낼 때도 그랬다. 그렇게 시간을 끌었음에도, 제미니는 이성민을 막으려 들지 않았다.

[어쩌면 함정일지도 모르지. 제니엘라가 직접 나서지 않는 한, 너를 막을 함정이라는 것은 거의 없을 테지만.]

주원이 가 있을지도 모르고. 허주가 투덜거렸다. 확실히, 주원이 혈맹에 있다면 여러 가지로 위험이 될 것이다.

하지만 만약 혈맹에 도전하게 된다면, 이성민도 혼자서 갈 생각은 없었다.

요정마에 간신히 넷이 타는 것이 고작이라고 하지만, 요정마를 타는 것이 힘들다면 도보로 이동하면 되는 일 아닌가.

'지금은 아니야.'

도존, 용병왕의 위치는 이미 파악했다. 놈은 워낙에 유명한 인물이다 보니 위치를 파악하는 것이 그리 어렵지 않았다. 게다가, 용병왕이 있는 도시는 이성민이 가본 적이 있는 도시였다.

크론.

무림맹이 있는 도시다. 10년 전에, 사마련주와 함께…… 크론에 갔었다. 당시 무림맹주였던 흑룡협을 두들겨 패기 위해서였다.

마침 잘 되었다. 조만간 크론에 가 볼 생각이었는데, 도존을 잡으러 가는 김에 크론에서의 다른 볼일도 해결하면 될 것 같았다.

크론에 있는 다른 볼 일은 무림맹에 있었다. 무림맹의 집무실. 그곳에 있을지도 모르는 흑룡협의 물건 중 하나를 손에 넣기 위해서였다.

그 정도만 있으면 프라우나 알라두르와 같은 주술을 통해서 흑룡협이 어디에 있는지도 알 수 있을 것이다.

'기왕이면 창왕이랑 함께 있으면 좋겠는데.'

야나와 백소고가 다가왔다. 혹시 모르는 일이니 둘도 함께 크론에 가겠다고 했다.

테레사는 크론에 한 번도 가 본 적이 없어서 가 보고 싶어 하는 눈치였지만, 무슨 일이 벌어질지 모르니 전투 능력이 없는 테레사를 데리고 갈 수는 없었다.

"너무 그렇게 입술 내밀고 계시지 마십시오."

"이 숲은 아무것도 없고 심심하잖아요."

"요정이랑 잘 놀던데."

"그건 내가 놀아주는 거죠."

그렇게 말할 것은 아닌 것 같은데. 이성민은 요정들과 하하호호 떠들던 테레사를 떠올렸지만, 굳이 테레사를 상대로 이죽거리지는 않았다.

이성민은 팔짱을 끼고 서 있는 스칼렛을 보며 머리를 꾸벅 숙였다.

"그럼, 다녀오겠습니다."

"좋으시겠어. 여자 둘을 끼고 외출이라니."

"놀러 가는 것도 아니잖습니까."

"놀다 오라고 하는 말이야. 막말로 내일 당장 세상이 멸망할지도 모르는데, 즐길 수 있을 때 즐겨야지."

"스칼렛 님도 안 즐기시잖습니까."

"상대가 있어야 즐기지. 나는 마법이랑 결혼했어. 연구 다 끝나면 이혼하고 사람이랑 결혼할 거야."

스칼렛은 그렇게 투덜거리면서 눈 밑의 다크서클을 손끝으로 벅벅 문질렀다. 뚱하니 입술을 내밀고 있던 테레사가 말했다.

"선물이나 사 와요. 크론의 특산품 같은 것. 거기는 뭐가 유명하죠?"

"기념품으로 파는 것 중 유명한 것은 개방 타구봉입니다. 무걸개가 무림맹주가 된 후로 개방 거지들이 장사를 시작했거든요."

"개 잡는 몽둥이는 필요 없는데……."

"그럼 적당히 사 오도록 하죠."

이성민은 피식 웃으며 요정마에 올라탔다. 야나와 백소고가 이성민의 뒤에 탔다.

"크론에는 좋은 기억이 없어."

백소고가 쓰게 웃으며 중얼거렸다. 이성민은 등 뒤에서 들리는 말에 머리를 살짝 돌렸다.

"그렇습니까?"

"응. 사제를 던전에 혼자 두고 떠나게 되었을 때…… 텔레포트 스크롤로 이동한 장소가 크론이었거든. 그 후로 크론에서 바로 뛰쳐나왔고, 돌아간 적이 없어."

벌써 10년도 넘었네. 백소고는 쿡쿡 웃으며 이성민의 허리를 잡았다.

"이번에는 좋은 기억이 생길까?"

백소고가 작은 목소리로 중얼거렸다.

그녀의 말에 답하기 전에, 요정마가 공간을 뛰어넘었다.

2장
크론

용병왕이 크론에 있는 이유는 간단했다. 현재 에리아 무림은 정파의 무림맹, 사파의 혈맹으로 나누어져 있다.

10년 전의 사마련은 어디까지나 사파 연합으로서, 자신들의 영역에서만 일을 벌였지만 혈맹은 아니었다.

흑마법사들을 거둔 것부터 시작해서 혈맹은 설립 이후로 과격한 움직임을 계속했다.

아직 전면전이라고 할 것까지는 아니었지만, 혈맹의 도발과 난폭함은 점점 선을 넘고 있었다.

머지않아 전쟁이 벌어질지도 모른다.

그리고 전쟁은 용병들에게 있어서는 돈을 쓸어 담을 수 있는 기회다. 수백 년 동안 에리아는 너무 평화로웠다.

이 넓은 세상에서 제대로 된 전쟁이 일어났던 적은 거의 없다. 국가도 하나뿐이고 귀족들도 서로 다투지 않는다.

도시의 영주들은 다른 도시를 침범하려 들지 않는다. 그나마 싸움이 자주 벌어지는 것은 무림이다.

중소 방파들이 벌이는 영역 다툼이 용병들이 활약하는 자그마한 전장이 되어주었다. 그 외에는 몬스터 토벌 따위.

이전에, 사마련주였던 마황 양일천이 무림맹에 쳐들어와, 개방이 자랑하는 대타구봉진을 무너뜨리고 맹주였던 흑룡협을 쓰러뜨려 납치했던 일이 있었다.

그것은 무림맹의 역사에 다시 없을 치욕이고 굴욕이었지만, 무림맹은 그 일을 두고서 사마련에 전쟁을 선포하지는 못했다.

사마련주였던 마황 양일천의 힘이 너무나도 강대했기 때문이었다.

하지만 그 마황 양일천은 죽었고, 사마련은 붕괴했다.

혈마라는 걸출한 무인이 갑자기 튀어나와 혈맹을 만들었지만, 혈마가 얼마나 강한 인물인지는 제대로 선보여진 적이 없다.

적어도 무림맹으로서는, 마황 양일천이 있던 사마련보다는 혈마가 있는 혈맹이 만만한 상대였다.

또한, 현 무림맹주인 개방 방주…… 아니, 전대 방주인 무걸개의 성향이 흑룡협과는 완전히 다르다는 것도 한몫했다.

천외천의 꼭두각시였던 흑룡협은 사마련과 대적하려 들지 않았다. 하지만 무걸개는 아니었다.

그는 사파를 혐오하는 인물이었고, 마황 양일천에게 치욕을 당한 덕에 사파에 대한 혐오는 증오가 되었다.

"아마 호의적인 반응을 얻기는 힘들 겁니다."

크론의 성문을 지나며, 이성민이 말했다.

"10년 전에 나는 사마련주…… 스승님과 함께 크론에 왔었고, 스승님이 개방의 타구봉진을 처참하게 박살 내는 것을 직접 보았지요. 무림맹 건물로 쳐들어가 흑룡협을 두들겨 패는 것도 보았고."

그 후 무림맹 측에서는 어떻게든 소문이 퍼지지 않도록 노력했지만, 워낙에 본 사람이 많아 소문은 결국 퍼졌다.

"그럼 내가 가볼까?"

백소고가 머리를 갸웃거리며 물었다. 이성민은 잠시 고민하다가 머리를 가로저었다.

"아니요. 같이 가지요. 호의적인 반응을 얻을 수 없다면 힘으로 하면 되는 일이니까."

"굳이 무림맹을 적으로 돌릴 필요가 있어?"

"상황에 따라서는. 10년 사이에 프레데터는 혈맹을 통해 사파를 하나로 모았습니다. 무림맹도 혹시 모르는 일이지요."

이 경우에서 생각해야 할 것은 천외천이었다. 그를 위해서 도존을 만나러 가는 것이다.

이성민은 무림맹에 들르는 것보다는 도존을 먼저 만나 볼 생각이었다.

무림맹에 가서 소란이 벌어진다면, 그 와중에 도존이 도망칠 가능성도 충분히 있었기 때문이다.

혹시 모르는 일이니 이성민과 백소고는 인피면구를 썼다. 도존을 만나기 전까지는 소란을 벌이지 않을 생각이었다.

야나에게도 인피면구를 주려 했지만, 야나에게 그런 것은 필요가 없었다.

"마법입니까?"

"요술(妖術)이지요."

이성민의 곁에 선 야나는 흑발 흑안의 여인으로 변해 있었다. 탐스러운 꼬리도 사라지고 눈에 띄던 한복 대신에 무복을 입으니, 수상쩍은 모습은 조금도 없었다.

백소고는 뒤로 질끈 묶은 이성민의 긴 머리를 힐긋거리며 물었다.

"사제는 머리카락을 자를 생각은 없어?"

"이렇게까지 기른 적도 처음이고 해서 그냥 두고 있습니다. 딱히 불편함을 느낀 적도 없고."

"그래도 나는, 짧았을 때가 더 좋았던 것 같아."

백소고가 희미하게 웃으며 말했다. 그 말에 이성민은 두 눈을 끔벅거리며 백소고를 보았다. 그러다가 뒤로 묶은 자신의 머리카락을 어루만졌다.

"그렇다면 다음에 자르도록 하지요."

"지금도 나쁘지는 않아."

그런 대화를 나누면서 여관 '은루'로 향했다. 도존, 용병왕 드미트리와 그가 이끄는 용병단이 은루 전체를 빌려서 쓰는 중이기 때문이었다.

이성민은 고급 여관인 은루의 앞에 섰다. 기감을 확장시키니 은루 안의 인기척들이 느껴진다.

드미트리 용병단은 총인원이 300으로, S급 이상 용병이 대부분에 가장 낮은 급이 A급이다.

B급 이하 용병들이 없는 것은 아니지만, 그 정도 급의 용병은 드미트리 용병단에서는 잡일꾼 취급밖에 받지 않는다.

용병단 하나가 어지간한 대문파와 정면승부를 할 만한 전력을 보유하고 있는 것이다.

초월지경의 고수인 드미트리가 있다는 점에서는 구파일방의 전력을 상회 한다.

'있군.'

혹시 없으면 어떡하지 싶었는데. 이성민은 피식 웃으면서 은루의 문을 향해 다가갔다.

왁자지껄한 소리가 이곳까지 새어 나왔다. 아무래도 대낮부터 술판을 벌이고 있는 모양이었다.

등급이 낮든 높든, 용병이 즐기는 향락은 크게 다르지 않다. 싸구려 술과 고급술, 싸구려 창녀와 고급 창녀 정도의 차이가 있을 뿐이지.

이성민은 천천히 은루의 문을 열었다. 그러고는 주저 없는 걸음으로 문 안쪽으로 들어갔다.

널따란 정원과 그 너머에 있는 큼직한 저택들이 보인다. 정원에서 술판을 벌이고 있는 용병들이 이성민을 힐긋 보았지만, 이내 신경을 쓰지 않고서 술을 퍼마셨다.

경계할 필요가 없다고 생각한 것이다. 이성민과 백소고는 반박귀진을 완벽하게 완성했기에 무공 수준이 밖으로 흘러나오지 않는다.

그것은 야나도 마찬가지였다. 마음만 먹는다면 얼마든지 힘을 안으로 숨길 수가 있다.

제지받지 않고 술판이 벌어지는 정원을 지난다.

몇 개의 저택을 지나쳐 이성민이 멈춘 것은 본관보다 화려한 별관이었다.

그 안에서 드미트리의 기척이 느껴지고 있었다. 드미트리 외에도 몇몇 기척이 더 있다.

이곳까지 지나오면서 느꼈던 기척들보다 강대한. 아무래도 용병단의 간부들과 드미트리가 별관을 사용하고 있는 듯했다.

"냄새."

야나가 코를 찡긋거리며 중얼거렸다.

"그리 좋은 모습을 보게 될 것 같지는 않군요."

이성민도 동감했다. 그렇다고 기다려 줄 수도 없는 노릇 아닌가.

소란 없이, 이성민은 별관의 꼭대기 층까지 뛰어올랐다. 닫힌 창문을 열고 안으로 들어가는 중에 침대 위의 드미트리와 눈이 마주쳤다.

알몸의 여자 둘을 끼고 시시덕거리고 있던 드미트리는 이성민을 보고서 두 눈을 크게 떴다.

"뭐…… 야!?"

드미트리가 벌떡 몸을 일으켰다. 상처투성이의 전신은 꿈틀거리는 근육의 갑옷처럼 보였다.

덜렁거리는 물건을 보며 백소고가 헛기침을 하며 시선을 피했다. 야나는 경멸하는 눈으로 드미트리를 보았다.

드미트리는 그 시선에 움찔하고 뒤로 물러서면서 한 손으로 사타구니를 가리며, 구석에 세워 둔 대도(大刀)를 향해 손을 뻗었다.

"뭐냐고!"

드미트리가 고함을 질렀다. 그 외침에 별관 전체에 소란이 일어났다. 용병들이 몰려오는 소리가 들렸다.

이성민은 드미트리를 빤히 보면서 발을 들어 올렸다.

탁.

그의 발이 가볍게 바닥을 내리치자, 이성민을 중심으로 무형의 기세가 사방으로 뿜어졌다.

그것은 가로막는 물리적인 장해물들을 모조리 무시하고서 저택 전체를 집어삼켰다.

"괴력난신(怪力亂神)……!"

야나가 가볍게 탄성을 터뜨렸다. 괴력난신은 요괴의 힘이다.

초월지경의 고수가 공간에 간섭할 수 있다면, 수많은 공포를 공양받음으로써 드높은 요력을 갖게 된 대요괴는 가진 요력을 완벽하게 조율하면서 요력을 바탕으로 한 요술을 부리게 된다.

이성민의 경우에는 이런 것이었다. 이전에 검은 심장으로 흡수하여 은연중에 사용할 수 있게 된 드래곤의 로어가, 완전한 요괴가 됨으로써 더한 위력을 갖게 되었다.

그것은 실로 괴력난신이라 할 만했다. 괴이와 용력과 패란과 귀신에 관한, 이성적으로 설명하기 어려운 불가사의한 현상.

이야기 속에나 나오는 의기상인이 완벽, 그 이상으로 펼쳐지고 있었다. 요정의 숲에서 지내는 동안 완벽히 다룰 수 있게 된 힘이었다.

마음만 먹는다면 기세만으로 죽일 수 있다.

정종 무공을 깊이 익혔거나 불심이 깊고, 신성력이 뛰어난 이들이라면 무리겠지만. 난잡한 용병들을 상대로는 그리 힘을 줄 것도 없었다.

죽일 수도 있다지만 죽일 생각은 없었다. 이곳에 학살하기 위해 온 것은 아니었으니까.

"헉……!"

밀어닥치는 무형의 압력에 드미트리의 표정이 바뀌었다. 그는 급히 내공을 끌어올려 이성민의 괴력난신에 저항했다.

하지만 침대에 누워있던 여인들은 저항조차 하지 못했다. 두 눈에 빛이 사라진 여인들이 힘없이 머리를 떨어트렸다. 계단을 오르고 복도를 뛰던 용병들도 마찬가지였다.

"대체 누구……?"

"옷이나 입어."

이성민은 얼굴에 뒤집어쓴 인피면구를 벗으며 말했다.

"그 정도 시간은 기다려 줄 테니까."

알아보라고 벗어 준 것이었지만 드미트리는 이성민의 얼굴을 알아보지 못했다.

그는 이성민을 노려보며 슬며시 옷을 주워 입기 시작했다. 그러면서 머리를 굴렸다.

도대체 이게 무슨 상황인지.

저놈은 대체 뭐하는 놈인지.

하지만, 아무리 생각해 보아도 놈이 누구인지 도통 감이 잡히지 않았다.

'뒤에 여자 둘…… 신경 쓸 정도는 아니로군. 문제는 저놈인데…….'

드미트리는 이성민이 자신보다 뛰어난 고수라는 것을 인정했다. 초월지경인 드미트리의 경지로도 불가능한 의기상인을 저토록 가볍게 해냈다.

작금 세상에 저런 고수가 있단 말인가? 그리고 왜 저런 고수가 나한테 이런 지랄을 벌인단 말인가?

"거…… 누군지나 좀 들어봅시다. 댁은 대체 뭐 하는 위인이요?"

"질문은 내가 해."

빌어먹을 새끼. 얼음장 같은 대답에 드미트리는 마음속으로 욕설을 내뱉었다.

항복해야 하나? 죽이지 않으리라는 보장도 없는데? 틈을 보아서 빠져나갈 수밖에.

갑옷을 걸치며 드미트리는 마음을 굳혔다. 다행히 놈은 방심하고 있는 듯했다.

으레 있는 경우 아닌가. 자신이 상대보다 압도적으로 강하다는 것을 알았을 때. 상대를 무시하고, 방심하고.

드미트리는 도존이라는 별호이면서 용병왕이었다. 그리고, 용병이라는 족속은 정정당당함과는 거리가 멀다.

상대가 방심한다면 오히려 좋았다. 그 방심의 틈을 찔러 죽일 수는 없을지라도, 도망칠 틈은 얼마든지 만들 수 있을 테니까.

드미트리는 자신의 애도를 꽉 쥐었다. 드미트리의 준비가 끝나자, 이성민은 어깨에 걸치고 있던 창을 아래로 내렸다.

드미트리가 도망치려 들지 않는 것은 의외일 것도 없었다. 이성민은 드미트리라는 인물을 오늘 처음 보았지만, 그가 이곳에서 목숨을 각오하고 덤빌 만큼 심지가 굳센 무인이 아님은 직감했다. 그렇다면 노림수는 뻔한 것 아닌가.

'창…… 씨발, 괜히 불길하네.'

귀창이라는 별호가 머리 한구석을 떠돌았다. 그 괴물 같던 검존을 죽이고, 무신의 똥구멍을 빨아대던 암존을 죽이고, 권존도 죽인 놈.

창왕이 놈과 동수를 이루었다고 했던가? 그래도 설마, 놈이 귀창일 리는 없지.

죽은 것으로 알려져 있던 귀창이 사실 살아 있었다는 사실은 이미 에리아 전역으로 퍼진 소문이었으나, 드미트리는 자신의 앞에 있는 저 뭔지 모를 창수가 귀창이라는 가능성은 조금도 떠올리지 않았다.

게르무드에서 루베스까지 한 달도 되지 않아 도착하는 것은 불가능한 일이기 때문이다.

슬며시 발을 끌던 드미트리가 순간 땅을 박찼다.

꽈앙!

저택 전체가 뒤흔들릴 진동과 함께 드미트리의 몸이 앞으로 튀어나갔다. 순식간에 거리를 좁힌 드미트리는 양손으로 쥔 대도를 휘둘렀다.

이성민은 차분한 표정으로 드미트리가 대도를 휘두르는 것을 보았다.

대도가 공기를 찢는 파공음 속에서 '딸칵'하는 소리가 들렸다. 놈의 팔목을 감싸고 있는 완갑에서 자그마한 암기가 쏘아졌다.

이성민은 헛웃음을 흘리며 몸을 살짝 비틀었다. 자그마한 암기가 이성민을 비껴갔다.

그 뒤로 떨어지는 대도를 향해 창을 쭉 뻗었다. 끝까지 휘둘리지 못한 대도가 허무하게 멈췄다.

드미트리는 헉하고 숨을 삼키며 대도를 쥔 손에 힘을 주었다. 하지만 창에 가로막힌 대도는 꿈쩍도 하지 않았다.

드미트리가 양손으로 대도를 쥐고 있는 힘을 다해 아래로 내리찍는 것과는 다르게, 이성민은 왼손만으로 창을 잡고 있었다.

"이런…… 씨……!"

드미트리의 얼굴이 일그러졌다. 대도와 창대가 맞닿은 곳에서 끼긱거리는 소리가 났다.

드미트리의 주변 공간이 일렁거리기 시작했다. 그것까지 기다려 줄 생각은 없었다.

창을 쥐지 않은 이성민의 오른손이 앞으로 나아갔다. 드미트리는 기겁하며 호신강기를 일으키고 보법을 병행하여 빠져나가려 하였으나, 무의미한 발악이었다.

이성민의 오른손이 드미트리의 가슴에 닿았을 때, 그를 보호하고 있던 흉갑은 부서지지 않았다.

하지만 드미트리의 몸 안에서는 많은 일이 일어났다. 스며든 난폭한 요력이 드미트리의 기혈을 찢었고 내공을 진탕 시켰다. 드미트리의 코와 입에서 피가 뿜어졌다.

"커윽!"

압도적이었다. 똑같은 초월지경이라고 해도 이성민과 드미트리 사이에는 압도적인 격차가 존재했다.

사마련주가 흑룡협을 어린아이처럼 다루었듯이, 이성민도 드미트리를 어린아이처럼 다룰 수 있었다.

다리를 덜덜 떨던 드미트리가 결국 주저앉았다. 갑옷 곳곳에 숨겨 놓은 암기와 인챈트 된 마법들을 발동할 틈도 없었다.

그것들 모두를 사용해 봤자 결과는 달라지지 않았을 테지만. 이성민은 부들거리며 떠는 드미트리에게 다가가서 그의 손목을 잡았다.

"천외천에 대해 말해라."

"너, 넌 대체 누구……."

"질문은 내가 한다고 했잖아."

꾸욱.

이성민의 엄지손가락이 드미트리의 손목 한가운데를 눌렀다. 드미트리의 몸이 벼락 맞은 것처럼 바르르 떨렸다.

기혈 안으로 스며든 요력은 드미트리에게 통증을 전하지는 않았다. 하지만 드미트리는 확실한 이질감을 느꼈고, 그것이 노골적인 협박임을 알았다.

협조하지 않는다면 여기서 죽는다. 아니면 죽는 것이 나을 정도의 병신이 되던가. 어느 쪽이든 여태까지 느껴보지 못했던 끔찍한 고통을 느끼게 될 것은 분명했다.

"아, 알겠습니다."

"맹세해. 진실을 말하겠다고."

드미트리는 눈치가 빨랐다. 그는 어디에 있는지 모를 무신보다는 바로 앞에 있는 이성민이 두렵다는 것을 잘 알고 있었다.

그 뒤는 일사천리였다. 드미트리는 이성민이 묻는 것에 모조리 대답해 주었다.

10년 동안 무신은 다시 폐관 수련에 들어갔고, 천외천은 사실상 방치되고 있었다.

드미트리도 영매에게 별다른 지령을 듣지 못해, 천외천의 도존이 아닌 용병왕으로서의 삶에 충실하고 있었다.

"영매의 지령은 어떻게 이루어지나?"

"수정구슬…… 이 있습니다."

"내놔."

어느새 말을 높이고 있던 드미트리는 얌전히 아공간 포켓을 열어 수정구슬을 건넸다.

이성민은 그것을 자신의 아공간 포켓 안에 넣어두었다. 이것을 통해 영매의 위치파악을 시도해 보기 위해서였다.

"천외천은, 그…… 최근 10년까지 아무 일도 하지 않았습니다. 사실 지금 와서 천외천에 소속되어 있는 것은 무신과 월후, 그리고 저뿐이라……."

"월후는 죽었을 텐데?"

"예? 그게 무슨 소리입니까? 월후는 자신의 거처에서 폐관수련에 들어갔습니다만……."

그 말에 이성민의 눈썹이 꿈틀거렸다. 월후는 죽었을 텐데? 의문스럽기는 했지만, 그에 대해서 캐묻지는 않았다.

어차피 이곳에서의 일이 끝난 후에는 월후의 거처에도 가볼 생각이었다.

더 이상 드미트리에게 들을 말은 없었다.

이성민이 몸을 일으키자, 드미트리는 꿀꺽 침을 삼키며 이성민을 올려 보았다.

이성민은 그런 드미트리를 물끄러미 내려 보다가 손가락을 튕겼다.

퍼억!

쏘아진 지탄이 드미트리의 미간을 꿰뚫었다. 드미트리는 비명도 지르지 못하고 그대로 쓰러져 죽음을 맞았다.

"죽일 필요까지는 있었어?"

"살려 둘 필요도 없었습니다. 언젠가 적이 될지도 모르는 일이니까요."

"하지만…… 사제. 신령에게 기만당하고 있지만, 천외천은 종언을 막는 것이 목적이잖아. 그렇다면 저 남자도……."

"종언을 막기 위해 행동하던 것은 무신과 월후, 영매뿐입니다. 저놈은 종언이 뭔지도 모릅니다. 그냥 자신의 이득을 위해 살아왔을 뿐이에요. 의(義)롭지도 않았고 선(善)하지도 않습니다. 사저가 동정할 가치가 없는 인물입니다."

백소고는 그 말에 쓰게 웃을 뿐 뭐라 반박하지는 않았다. 이성민은 내려놓은 창을 쥐어 들며 말했다.

"밖이 소란스럽군요. 아까의 소리로 사람들이 모인 모양입니다."

"몰래 나갈까?"

"굳이 그럴 필요까지야."

이성민은 그렇게 말하며 방을 나갔다.

은루의 입구에는 개방 거지들이 모여 있었다. 이성민에게 죽은 드미트리가 의도한 대로였다.

크론 도시 한복판에 있는 고급 기루인 은루.

그곳에서 큰 소란이 벌어진다면 가장 먼저 개방 거지들이 몰려든다. 본래 드미트리의 의도는, 개방 거지들까지 끌어들여 난장판을 만든 뒤에 틈을 보아 도주하는 것이었다.

드미트리가 염두에 두지 못했던 것은, 이성민과 자신의 실력 차이가 너무 컸다는 것이었다.

시간조차 끌지 못하고 제압당했고, 도망칠 틈을 만들어내지 못했다.

별관을 나오는 길에, 이성민은 쓰러진 용병들을 확인했다.

야나의 말을 빌리자면 괴력난신.

레그로 숲에서 어느 정도 감을 잡기는 했지만, 이렇게 직접 사용해 보는 것은 처음이었다. 그 확실한 위력에 이성민은 내심 만족했다.

사마련주는 '방향성'이라고 말했었다. 초월지경에 들어, 인간의 이해와 상식을 아득히 벗어나는 영역의 무(武)에 도달하게 되었을 때.

그것을 어떤 식으로 가꾸어 나가느냐. 사마련주의 경우에는 쾌(快)였고, 사마련주가 도달한 결론은 흑뢰번천이었다.

이성민은 사마련주의 힘을 계승함으로써 흑뢰번천의 무리

를 받아들였다. 아직 사마련주만큼은 아니라고는 해도, 그가 추구했던 극쾌는 이성민에게도 깃들어 있었다.

그것으로 그치지 않고, 이성민은 자신의 방향성을 두고서 충실히 나아가고 있었다. 괴력난신의 활용 역시 그러했다.

"최상층의 방에 너희 용병단장이 죽어 있다."

이성민은 모여 있는 용병단원들을 향해 말했다. 그들은 술기운이 가셔 창백한 얼굴로 꿀꺽 침을 삼켰다. 이성민은 그들을 지나치며 말했다.

"묻어주던지, 태우던지. 마음대로 해라."

그렇게 말하고서 은루의 대문을 열었다.

그 너머의 개방 거지들. 밀려오는 악취에 야나가 콧잔등을 찡그렸다. 백소고는 한숨을 쉬면서 거지들의 시선을 피했다.

개방은 의협을 추구하는 방파다. 비록 이전에 취걸과 갈라서기는 했어도, 백소고가 개방이라는 방파에 호의를 잃게 된 것은 아니었다. 그녀 역시 개방과 같은 것을 추구하고 있기 때문이었다.

"당신은……?"

이성민과 가까이 서 있는 개방 거지 중 하나가 입을 열었다. 살피는 시선에 이성민은 솔직하게 대답해 주었다.

"나는 귀창이오."

담담하게 뱉은 말에 모든 거지는 경악했다. 그들 역시 소문을 알았기 때문이다.

놀람의 이유는 그것뿐만이 아니다. 이곳에 있는 대부분의 거지들은 10년 전 크론에 있었다.

그때, 사마련주가 개방을 처참하게 짓밟았을 때.

"귀…… 창? 당신이 어째서 이곳에……."

"용병왕에게 사적인 원한이 있었고, 조금 전에 그것을 갚고 나오는 길이오."

사적인 원한. 그것을 갚고 나왔다는 것에 입을 열었던 거지가 뭐라 말을 잇지 못하고 꿀꺽 침을 삼켰다.

용병왕이라면 무림맹으로서도 쉬이 건드릴 수 없는 거물이다. 가진 무위도 그렇거니와, 대부분의 용병은 용병왕을 동경하고, 용병왕처럼 되기를 바라고 있다.

용병들 사이에서 용병왕이라는 이름은 하늘과 같다.

"용병왕은……?"

"죽었지."

그런 거인의 죽음에 대해, 이성민은 조금의 표정 변화도 없이 말했다. 이성민에게 있어서 드미트리는 거인이라고 말할 것도 없는 인물이었기 때문이다.

"죽일 만한 이유가 있어서 죽였소. 그리고 소란은 끝이 났고, 나는 더 이상 소란을 벌일 생각이 없소. 그러니 길을 비켜주시겠소?"

이성민은 정중히 부탁했다. 하지만 모인 개방 거지들은 머뭇거리기만 할 뿐 비켜서지 않았다. 이성민은 다시 한번 말했다.

"나는 과거 내 스승님이 당신들에게 했던 것과 똑같은 일을 할 수 있소. 나는 그럴 만한 준비가 되어 있지. 하지만 당신들은 아닌 것 같군. 타구봉진을 펼칠 인력도 대동하지 않았고."

그 말에 개방 거지들의 어깨가 바르르 떨렸다.

모욕감, 분노, 공포.

모인 거지들의 얼굴에 떠오른 표정은 각양각색이었다.

"다시 말하지. 나는 싸우고 싶은 마음이 없어. 그렇다고 당신들을 비켜 갈 마음도 없고. 그러니까…… 길을 열어주시오. 그렇지 않다면 내가 억지로 열고 갈 수밖에 없으니."

거기까지였다.

조금씩 길이 열렸다. 백소고는 물러서는 개방 거지들을 보며 씁쓸한 표정을 지었다.

이윽고, 백소고의 두 눈은 이성민에게 향했다. 백소고가 변했듯이 이성민도 변했다.

그녀는 그것을 확실히 알았다. 더 이상 사제는 15년도 전의 므쉬의 산에 있던, 제 목숨 하나 간수 하지 못하던, 스스로 죽인 검귀의 죽음 앞에 부끄러워 주저앉았던 소년도 아니었다.

도플갱어의 던전에서 당신을 구하기 위해 왔노라고 등을 밀치던, 사마련주의 제자가 되어 술잔을 나누며 이야기를 들어

주던 청년도 아니었다.

게르무드에서 이성을 잃고 미쳐 날뛰던 괴물은 더더욱 아니었다.

'나는.'

변했나?

백소고는 스스로 답을 내는 것이 힘들다 느꼈다. 세상에서 악을 멸한다. 그것이 백소고의 신념이었다.

그 신념이 꺾였던 것은, 악을 멸하여 구제하고 싶다고 바라였던 세상이 사실은 멸망의 운명이 예정되어 있음을 알게 되었기 때문이다.

그렇게 절망했다. 여태까지 자신이 해왔던 모든 것이 부질없다고 느껴서. 그렇게 절망하였으나, 지금 백소고는 이곳에 있다.

하나뿐인 사제의 뒤를 따라 걷고 있다.

아.

걷는 이성민의 뒤를 따르며, 백소고는 두 눈을 들어 하늘을 보았다.

세상을 구하고, 운명을 바꾸겠다는 것.

자신의 사제가 바라는 대의(大義). 사제가 그렇게 말하였기에 백소고는 이곳에 있다. 아니, 아니야.

그냥. 그냥 좋았다. 이렇게 사제와 함께 가고 있다는 것. 사제의 뒤를 따라 걷는다는 것. 사제의 말에 절망에서 일어나,

사제가 바라고 하고자 하는 일을 함께한다는 것.

[너는 비수가 되어야 해.]

몇 번이나 들었던 그 말이 가슴 깊은 곳에서 예리하게 날을 세웠고, 더욱 깊은 곳으로 숨어 들어갔다.

개방 거지들이 열어준 길을 지나, 이성민은 곧바로 크론 중앙에 있는 무림맹으로 향했다. 다행히 은루와 무림맹까지의 거리는 그리 멀지 않았다.

"감시는 내버려 두실 생각입니까?"

"굳이 쳐낼 필요도 없지요."

야나의 질문에 이성민은 심드렁한 얼굴로 대답했다. 싸우러 가는 것도 아니다. 괜히 날을 세울 필요는 없다.

무림맹의 앞에 도착했다. 10년 전에 사마련주가 무림맹의 가장 큰 전각을 거의 박살 냈었는데, 10년 사이에 보수한 것인지 건물은 멀쩡했다.

대문은 닫히지 않고 활짝 열려 있었다. 이곳까지 오는 사이에 이미 이야기가 전해진 듯했다. 대문 너머에는 대열을 갖춘 무인들이 가득했다.

"귀창."

침중한 목소리가 이성민을 불렀다. 이성민은 대열의 앞에서 있는 중년인을 보았다.

보이는 것만 중년인이지 실제 나이는 더할 그 남자는 지저분한 거적때기를 몸에 두르고 있었다.

기억에 있는 얼굴이었다. 이성민은 걸음을 멈춰 서서 남자를 바라보았다.

무걸개.

현 무림맹주.

10년 전에는 개방의 방주였지만, 흑룡협의 실종 이후로 개방 방주 자리를 제자인 취걸에게 넘기고 무림맹주로 등극한 인물이었다.

"오랜만입니다. 나를 기억하십니까?"

"……기억하다마다."

무걸개가 중얼거렸다. 10년 전의 일을 한시도 잊은 적이 없었다. 그때 무걸개와 개방에게, 아니, 정파 무림 전체에게 치욕을 주었던 사마련주는 오래전에 죽었으나.

10년의 시간이 지나 그 제자와 이런 식으로 맞닥뜨리게 될 줄은.

"……용병왕을 죽였다던데."

"그럴 만한 이유가 있어서 죽였습니다. 사적인 일이라 이런 곳에서는 떠벌리고 싶지 않군요."

"왜…… 이곳에 왔나?"

무림맹 무사들의 얼굴에는 긴장과 공포가 가득했다. 그들이 마주하고 있는 저 청년은 10년 전에 데스나이트 군주와 마왕을 홀로 쓰러뜨렸다.

그리고 그 당시의 사파제일인이자 타구봉진을 박살 내고 무림맹을 쑥대밭으로 만든 사마련주, 마황 양일천의 유일한 제자이기도 했다.

"부탁이 있어서 왔습니다."

싸울 의사는 없어요. 이성민은 힘을 주어 그것을 내뱉었다.

"전대 맹주인 흑룡협. 10년 전에 나의 스승은 흑룡협을 납치했습니다. 워낙 갑작스러운 일이라 당시 그가 쓰던 집무실에는 그의 물건이 고스란히 남아 있었겠지요. 설마 전부 소각했을 리는 없고. 그 물건 중 하나를 받고 싶습니다."

"어째서?"

"사적인 일입니다."

이성민은 흑룡협을 찾기 위해서라는 말은 굳이 하지 않았다. 이유를 알게 된다면 무걸개 쪽이 협조해 주지 않을 것이라 생각했기 때문이다.

"……모두 다 사적인 일이로군. 묻겠네, 귀창. 왜 노부가…… 아니, 무림맹이 그대의 사적인 일에 협조해야 하는가?"

"협조해 주지 않으신다면 강제로 할 수밖에 없으니까."

그 말에 무걸개의 눈썹이 꿈틀거렸다. 무걸개가 몸에 두른 거적때기가 부풀어 올랐다.

"그런 모욕을 노부가 감내하리라 여기는가?"

"이성적으로 생각하십시오."

이성민은 머리를 가로저으면서 말했다.

쿠르르릉…….

이성민의 주변에서 벽력이 울리는 소리가 났다. 꿈틀거리며 뻗어져 나가는 자색 기운이 이성민의 주변을 휘감았다.

요력이 이끌리면서 괴력난신이 움직인다. 무걸개를 비롯한 무림맹 무사들의 눈이 크게 떠졌다.

보이지 않는 무언가가 심장을 꽉 옭아 죄는 것만 같았다.

"나는 내 스승님이 했던 것을 똑같이 할 수 있습니다. 장담하건대, 구파일방 중에 검선을 제외한 그 누구도 나를 막을 수 없을 겁니다. 무슨 말인지 아시겠습니까. 나는 지금 당장, 당신들 전원을 죽여 버릴 수 있습니다."

나지막한 목소리로 전한 경고는 너무나도 노골적이었다.

"내가 왜 그러지 않는 것인지 아십니까. 간단합니다. 내가 당신들과 싸우고 싶지 않아서, 당신들을 죽이고 싶지 않아서. 그러니까 협조해 달라는 겁니다. 내가 하기 싫은 일을 억지로 해야겠다 마음먹기 전에."

"큽……!"

압박하는 괴력난신에 저항하려던 무걸개의 입가에서 핏물

이 흘렀다. 무걸개가 정파 무림에서 높은 배분을 가진 인물인 것은 맞다.

초절정의 끝자락에 선 것도 맞다. 고작해야 그 정도다. 초월지경도 어린아이처럼 다루는 이성민에게 있어서, 앞을 가로막은 무림맹의 무사 수천은 모여 있는 개미 정도밖에 되지 않았다. 격이 달라도 너무나도 다른 것이다.

"저는."

백소고가 앞으로 나섰다. 그녀는 얼굴에 쓰고 있던 인피면구를 벗었다. 그러자 무걸개의 두 눈이 크게 떠졌다.

무걸개 뿐만이 아니었다. 많은 이들이 백소고의 얼굴을 알아보았다.

"묵섬광이라는 별호로 불리고 있는 백소고라고 합니다."

"묵…… 섬광. 그대가 어째서……?"

"나는 여기 있는 귀창 이성민의 사저입니다."

백소고는 담담한 표정으로 그를 밝혔다. 그러자 백소고를 알고 있는 모든 이들의 얼굴에 경악이 어렸다.

묵섬광 백소고가 귀창과 사형제지간이라는 사실을 알고 있는 이들은 많지 않다.

고작해야 10년 전에 도플갱어의 던전에서 백소고와 함께 행동했던 이들 정도다.

취걸은 자신의 스승인 무걸개에게도 귀창과 백소고가 사형제지간이라는 사실을 밝히지 않았었다.

"제가 여태까지, 묵섬광이라는 별호로 쌓아 온 모든 일에 걸고 맹세하겠습니다. 제 사제는 악한 일을 위해 이런 일을 부탁하는 것이 아닙니다. 그러니 부탁드리겠습니다."

백소고가 꾸벅 머리를 숙였다. 그것을 보며 무걸개가 허탈한 웃음을 내뱉었다.

마황 양일천의 제자와 협행으로 이름 높은 묵섬광 백소고가 사형제라니.

무걸개는 우울한 눈으로 이성민을 보았다. 이성민은 머리를 숙인 백소고에게 다가가 머리를 가로젓고 있었다.

"사저. 그러실 필요 없습니다."

"하지만, 사제……."

"말을 조금 강하게 한 것뿐입니다. 나는 저들을 죽일 생각이 없습니다. 그런 일을 벌였다가는 사저가 저를 혐오하게 될 테니까요."

백소고는 쓰게 웃기만 할 뿐 대답하지 않았다. 그 말에 무걸개는 더욱 허탈한 기분이 되었다. 고작 그런 이유…… 무걸개는 두 눈을 감았다.

"……마황이…… 괴물을 만들었구나."

그렇게 탄식을 내뱉었다. 귀창 이성민. 이제 그 나이가 서른 중반일 텐데. 서른 중반에…… 저만한 무위.

사마련주가 죽고, 귀창마저 죽었다는 말을 들었을 때 사파에 인물이 없을 것이라 여겼다.

어디서 튀어나온 지 모를 혈마도 그리 대단한 인물은 아닐 것이라 생각했다.

아니었다.

죽은 마황의, 죽은 줄 알았던 제자는 살아 있었고 어마어마한 괴물이 되어 있었다. 무걸개는 씁쓸함을 느끼며 몸을 돌렸다.

"묵섬광의 말을 믿도록 하지."

무걸개는 나서 준 묵섬광에게 감사를 느꼈다. 그녀가 저렇게 맹세하고 부탁해 준 덕에, 최소한의 체면치레라도 할 수 있게 된 것이니까.

"잠시 기다리게."

무걸개가 무거운 걸음을 떼었다.

조금 시간이 흐른 뒤에, 무걸개가 돌아왔다. 그는 말없이 이성민의 앞에 멈춰 서서 손에 들고 있던 자그마한 아공간 포켓을 건네주었다.

"전대 맹주의 집무실에 남아 있던 물건들일세. 그리 중요한 것들이 아닌, 붓이나…… 그런 것들이지."

"충분합니다."

이것만으로 흑룡협을 찾을 수 있으리라는 보장은 없지만, 시도해 볼 필요는 있었다. 이성민은 씁쓸한 표정의 무걸개를 보며 살짝 머리를 숙였다.

"협조해 주셔서 감사합니다."

무걸개는 대답하지 않고 몸을 돌렸다. 더 이상 대화를 나누고 싶지 않아 하는 듯하여, 이성민도 몸을 돌렸다. 그는 야나와 백소고를 보면서 빙긋 웃었다.

"자, 그럼. 테레사 님을 위한 선물이나 사러 가 볼까요?"

미소짓는 이성민을 향해 백소고는 희미한 미소를 지으며 머리를 끄덕거렸다. 야나는 멀어지는 무걸개의 등을 보면서 중얼거렸다.

"이해가 되지 않습니다. 왜 저 인간은, 자신보다 월등히 강한 당신을 상대로 저렇게까지 자존심을 세우는 겁니까?"

"입장이라는 것이 있으니까요."

"단순히 주제 파악을 하지 못하는 것으로 보이는데."

야나가 중얼거렸다. 그녀로서는 무걸개가 저렇게 날이 선 태도를 보이는 것을 이해할 수가 없었다.

어찌 보면 이것도 인간과 요괴의 사고방식이 다르기 때문이었다.

크론에서의 볼일이 끝났지만, 이성민은 바로 레그로 숲으로 돌아가지는 않았다.

크론에서의 좋은 기억이 없다는 백소고의 말이 가슴 속에 남아 있었다.

하루 정도라고는 해도, 여유를 즐기며 좋은 기억을 만들어 주고 싶었다. 마침 테레사가 크론에서 선물을 사 오라고 하였으니 이유도 충분했다.

취걸은 그런 셋을 멀찍이서 지켜보고 있었다.

시선을 느끼고 있음에도 이성민과 백소고, 야나는 신경 쓰지 않았다. 감시는 당연한 것이라 여기고 있었기 때문이다.

취걸은 텅 비어 길게 늘어진 왼쪽 소매를 잡았다. 이성민 일행은 바닥에 깔린 돗자리 위에 늘어진 잡다한 물건들을 보면서 대화를 나누고 있었다. 취걸은 희미한 미소를 짓고 있는 백소고의 얼굴을 보았다.

'오랜만입니다.'

취걸은 그 말을 가슴 속에 삼켰다. 벌써 그 이후로 15년이 넘게 지났나.

그때 얻어맞은 뺨의 아픔은 지금 와서는 느껴지지 않는다. 하지만 텅 빈 가슴의 공허함은 분명히 느껴지고 있었다.

왜 나는 이곳에 서서 당신을 지켜보아야 하는 것일까. 그때 나는, 틀림없이 당신을 위하여 그런 일을 하였던 것인데.

그때, 백소고는 취걸을 원망했다. 왜 자신을 강제로 데리고 나왔느냐고. 취걸은 그 원망을 이해하지 못했다.

결국, 모든 것을 따져 본다면. 취걸은 백소고의 목숨을 구한 것이었다.

감사를 듣지는 못할망정 원망을 들었다. 경멸받았다. 결국 백소고는 크론을 뛰쳐나갔고, 무림맹과의 모든 인연을 끊었다.

15년 동안…… 취걸은 계속해서 백소고의 소문을 좇아왔다. 설마 백소고가 죽은 줄 알았던 귀창과 함께 크론에 오게 될 것이라고는 상상도 하지 못했다.

귀창이 마인이 되었을 때. 취걸은 내심 기쁨을 느꼈었다. 취걸은 백소고의 성향을 잘 알고 있었다.

아무리 아끼는 사제라고 해도, 그 사제가 마인이 되어버린다면. 묵섬광 백소고라는 인물은 그 아끼던 사제를 스스로 죽일 인물이라 생각했었다.

아니었다.

대체 왜 당신이 그곳에 있는가.

왜 당신은 그곳에서 웃고 있는가.

취걸은 이해를 할 수가 없었다. 그렇다고 해서 직접 가서 물어볼 생각도 없었다.

감정이 삐걱거리며 짜증을 유발했다.

10년 중 처음, 취걸은 자신에게 힘이 없음에 대해 탄식했다. 만약 충분한 힘이 있었더라면.

뭘 어떻게 했을까?

취걸은 몸을 돌렸다. 괜한 것을 보았다는 생각을 했다. 당분간은 계속해서 기분이 나쁠 것만 같았다.

테레사에게 줄 선물로는 기념품으로 잘 팔린다는 타구봉을 하나 골랐다. 개 잡는 몽둥이는 갖고 싶지 않다고 하였지만.

아녀자 호신용으로도 쓸 수 있고, 안마용으로도 쓸 수 있고, 빨래 몽둥이로도 쓸 수 있다는 장사꾼의 말에 백소고가 혹해 버린 탓이 크긴 했다.

"좋아할까?"

"테레사 님 취향을 잘 몰라서."

"싫어할 겁니다."

백소고가 들뜬 목소리로 물었고, 이성민은 조심스레 대답을 피했고, 야나는 싸늘한 목소리로 대답했다.

아니, 좋아할 거야.

백소고는 힘을 주어 말했다. 그녀는 한 손에 쥔 타구봉으로 자신의 어깨를 두들기며 즐거운 미소를 지었다.

"안마할 때도 쓸 수 있잖아."

이성민은 혹시 모르는 일이라 장신구들을 몇 종류 샀다. 신궁에서 생활하는 동안 이런 장신구들로 자신을 꾸며 본 적이 없을 터이니, 오히려 이런 것들을 더 좋아하지 않을까 하는 생각 때문이었다.

야나는 테레사의 선물을 고르는 것에 별 관심이 없어 보였다. 애초에 그녀는 요정의 숲에서도 테레사와 사적인 이야기를 거의 나누지 않았다.

강력한 신성력을 가진 테레사를 경계한 탓이었다.

적당히 선물을 고르고서는 거리를 걸었다. 생각해 보면 식사도 하지 않았기에, 이성민은 길을 오가던 사람에게 물어 맛집이라는 음식점으로 들어갔다.

"이성민 님은 식인의 경험이 있으십니까?"

"쿨럭!"

음식을 주문하고 기다리는 중에, 야나가 대뜸 그것에 대해 물었다. 물을 마시던 이성민은 야나의 질문에 마시던 물을 뿜을 뻔했다.

"예…… 예?"

"식인 말입니다."

백소고가 불쾌하다는 표정을 지으며 야나를 노려 보았다. 하지만 야나는 개의치 않고 계속해서 말했다.

"이성민 님은 굉장히 이질적인 존재입니다만, 당신의 몸뚱이가 요괴인 것은 틀림없는 사실 아닙니까. 식인의 경험은 없으십니까? 아니면, 인간을 상대로 식욕을 느낀 적은?"

"……왜 그것을 물으시는 겁니까?"

"요괴의 종류는 다양합니다. 그 다양한 요괴 중에서 강력한 힘을 가진 대요괴들은 인간이 가진 공포의 형상입니다. 허주도 마찬가지지요. 그러한 요괴들에게 있어서 식인은 당연한 겁니다. 공포의 형상인 그들은 애초부터 인간을 잡아먹기 위한 포식자로 태어났으니까요."

"……야나 님은 경험이 있으십니까?"

"저에게 있어서 식인은 그리 큰 의미가 있는 행위는 아닙니다. 제 자신이 인육을 즐기는 기호가 있는 것도 아니고."

"나도 마찬가지입니다."

"당신은 허주의 요력을 통해 요괴로 변이한 것 아니었습니까? 그런데도 인간에게 식욕을 느끼지 않는 것입니까?"

야나가 머리를 갸웃거리며 질문했다. 진심으로 궁금하여 던지는 질문이었다. 이성민은 난감한 표정을 지으며 대답했다.

"몸뚱이가 요괴일지언정, 내 정신은 인간입니다. 인간이었을 때와 조금도 변하지 않았어요. 어쩌면…… 인육을 먹게 되었을 때, 나는 나도 모르게 '맛있다'라고 받아들일지도 모릅니다. 하지만 먹고 싶지는 않아요."

[요괴로서의 힘을 강화하고 싶다면 식인을 하는 것도 나쁘지 않은 선택이지.]

허주가 말했다.

[인제 와 식인을 한다고 해서 소멸한 학살포식이 되살아나거

나 하지는 않을 것이다. 새로운 인외성이 깃들 리도 없고. 너 자신이 선택하여 식인한다면, 그만큼 요괴로서의 육체는 강해질 것이다. 어쩌면 네가 가진 검은 심장 덕에 더 빠르게 강해질 수도 있겠지.]

이성민은 이 이상 요괴로서의 힘을 강화할 생각은 없었다. 이미 육체 자체는 충분히 강하다.

여기에 무공과 심득이 더해지는 것에 집중할 생각이다. 지금의 이성민은 10년 전과는 비교도 할 수 없이 강했지만, '진짜' 학살포식이나 제니엘라보다는 아니었다.

그것은 몸뚱이의 문제가 아니라 알맹이의 문제였다.

[아이네라고 했었나? 그 키메라. 그 계집을 조심하는 편이 좋을 거야.]

허주가 경고했다.

[그 계집의 몸뚱이는 완전한 요괴의 것. 거기에 어르무리의 그 압도적인 요력도 너와 양분하여 가졌지. 너와는 다르게 식인에 거리낌이 없다. 제니엘라는 그 계집을 새로운 학살포식으로 만들려 하고 있어. 제니엘라가 그만한 공을 들인다면, 그만한 괴물이 되어 네 앞을 가로막을 것이다.]

'그렇겠지.'

음식이 나왔다. 방금 전까지 식인에 대한 이야기를 했음에도, 야나는 거리낌 없이 젓가락을 들었다. 이성민은 텁텁해진

입안에 다시 한번 물을 부었다.

식사를 마치고서는 요정마를 탔다. 레그로 숲에 가기 전에 들를 곳이 있었다.

어르무리, 그곳에 있는 프라우를 만나 볼 생각이었다.

알라두르가 할 수 있는 주술이라면 프라우도 할 수 있는 것이 당연했다.

"오랜만이네."

프라우는 여전히 야나의 거처에 있었다.

"그리고 여전히 갑작스럽고."

프라우는 품에 안고 있던 알몸의 소년에게 이불을 덮어주며 투덜거렸다.

백소고는 민망하다는 표정을 지으며 머리를 옆으로 돌렸고, 이성민은 헛기침을 하며 앞으로 나섰다. 프라우는 다가오는 이성민을 노려보며 내뱉었다.

"앞으로는, 좀. 이렇게 찾아오지 말아 줄래?"

"미안합니다."

"야나, 너는 대체 언제 돌아올 생각이야? 설마 저 기생오래비같은 놈과 살림을 차린 것은 아니겠…… 농담이야, 농담. 네가 그럴 리가 없잖아."

프라우는 야나의 눈썹이 찡그려지는 것을 보며 급히 말을 바꾸었다. 그러고는 양반 다리를 하고 앉아 이성민을 노려보았다.

"그래서. 또 뭐야? 저기 저건 묵섬광 백소고잖아. 만난 모양이네?"

"예…… 그, 찾고 싶은 사람이 있어서 부탁드리러 왔습니다."

"내가 뭐 부탁하면 부탁받는 대로 다 해주는 사람이야?"

이성민은 얌전히 아공간 포켓 안에 손을 넣었다. 그가 꺼낸 것은 주먹보다 큰 크기의 보석이었다.

이성민이 그것을 말없이 건네자, 프라우는 입술을 삐죽거리면서도 손을 뻗어 보석을 받았다.

그 뒤에 이성민은 무걸개에게 받은 아공간 포켓을 열었다. 이성민은 고급스러운 모양의 붓을 꺼내 프라우에게 건네주었다.

"이 붓의 주인이 어디에 있는지 알고 싶습니다."

"물건은 이게 다야?"

"더 있어야 합니까?"

"물건 하나만 쓰는 것보다는 여러 개를 쓰는 편이 정확하지."

이성민은 아공간 포켓에 있는 것을 모두 꺼내었다. 붓이 몇 자루 더 추가되었고, 먹을 가는 벼루와 옷가지들.

그 외 여러 가지 잡다한 물건들. 프라우는 그것을 한곳에 모아 놓고 몇 걸음 떨어진 곳에 섰다.

프라우가 양손을 모으고 주문을 외었다. 본격적으로 주술이 시작되었다. 대주술사라는 이름에 걸맞게, 프라우는 귀혼술 외에 대부분의 주술에 정통했다. 이런 종류의 주술도 마찬가지였다.

"산……."

두 눈을 감고 정신을 집중하고 있던 프라우가 중얼거렸다. 산…… 이성민이 프라우를 따라 중얼거렸다.

프라우의 눈썹이 찡그려졌다. 그녀는 양손을 들어 자신의 머리를 감싸 쥐었다. 그녀의 주변 공간이 일렁거리더니 어떠한 풍경을 만들어 비추었다.

"어……."

풍경이 어딘가 낯이 익었다. 어디서 보았더라? 이성민은 삭막한 산의 풍경을 보면서 머리를 갸웃거렸다.

놀란 것은 이성민뿐만이 아니었다. 곁에 있던 백소고가 놀란 소리를 냈다.

"므쉬의 산이야."

아.

이성민의 입이 반쯤 벌어졌다. 그래, 므쉬의 산. 영상이 너무 흐릿해서 알아보는 것이 힘들기는 했지만, 백소고의 말을 들으니 확실히 기억이 났다. 생존하는 것부터가 첫 번째 고행이라 할 만한 곳.

므쉬의 산이 틀림없어 보였다.

'흑룡협이 왜 므쉬의 산에 있는 거야?'

어르무리에서 하룻밤을 보낸 뒤에, 바로 다음 날에 요정마를 소환했다. 므쉬의 산…… 이성민은 어린 시절 고행을 보냈던 그 산을 떠올리며 혀를 찼다.

마침 잘 되었다는 생각도 들었다. 므쉬와도 이야기를 나누어 보고 싶었다. 어린 시절에는 므쉬가 했던 말들을 이해할 수 없었지만, 지금은 이해하고 있으니까.

"다시 오게 될 줄은 몰랐어."

백소고가 쓰게 웃으며 중얼거렸다. 이성민이 세상을 떠도는 동안, 백소고도 다시 므쉬의 산에 들어가 몇 년 동안 다시 고행을 했었다.

"응."

대답한 것은 이성민도, 야나도 아니었다.

오랜만에 듣는 목소리였다. 이성민은 목소리가 들려 온 방향을 보았다.

"너희 둘을 함께 다시 보게 될 줄은 몰랐어."

온몸에 붕대를 감고, 지저분한 누더기를 몸에 걸친 자그마한 소녀. 므쉬가 이성민과 백소고를 보며 히죽거리며 웃고 있었다.

"다시 이곳에서 고행이라도 하고 싶어서 온 거야?"

므쉬가 그렇게 물으며 사박거리며 걸었다. 얼굴에 감은 붕대 사이로, 므쉬의 눈이 반짝거렸다.

"아니면 이 산에서 고행하는 누군가를 만나기 위해 왔어?"

"알고 있었나?"

"신을 너무 우습게 보지 말거라. 어제, 이 산을 누군가가 주술로 엿보았었지. 내가 그것을 간파하지 못했을 것 같으냐. 그냥 내버려 두었을 뿐이지."

므쉬는 킬킬 웃으면서 어깨에 두르고 있는 누더기를 흔들었다.

"슬슬 내보내고 싶었는데 잘 되었어. 데리고 가거라."

"내보내고 싶었다고?"

"아주 고약한 놈들이거든."

'놈들' 므쉬의 말에 이성민이 머리를 갸웃거렸다.

"……한 명이 아니었나?"

"둘이다."

므쉬가 몸을 돌리며 말했다.

"미치광이 같은 놈이 하나 있어."

3장
산

미치광이 같은 놈.

짚이는 바가 있었다. 이성민이 떠올린 '그'의 성향도 미치광이라는 말이 딱 맞았다.

창왕.

그 외의 인물은 떠올릴 수가 없었다. 10년 전에, 흑룡협과 함께 무신을 가로막았던 창왕.

그 후 10년 동안 둘의 행방이 묘연하였는데, 설마 그 둘이 므쉬의 산에 함께 있을 줄이야.

"그…… 둘은, 얼마나 이 산에 있었던 겁니까?"

"햇수로는 10년이 되었지."

얼굴의 반을 가리고 있는 붕대 사이에서 눈썹이 찡그려졌다.

10년.

이성민과 백소고의 입이 벌어졌다. 둘 다 이 산에서 수행을 했었기 때문에, 10년이라는 긴 시간을 버티는 것이 얼마나 힘든 것인지 잘 알고 있었다.

무엇을 금제하느냐로 머리를 굴린다면 오래 버틸 수야 있겠지만, 5년만 지나도 인간으로서 당연한 대부분의 것이 제한되는 것이 바로 이 산이다.

"미치광이들이야."

므쉬가 중얼거렸다.

"충분한 수행을 거쳐 온, 강인한 몸뚱이를 가지고 시작했다고 해도…… 이 산에서 10년을 버텨냈다는 것은 경이적인 일이지. 나야 좋았다만, 10년쯤이나 되니 슬슬 나가주었으면 해."

"어디에 있습니까?"

지금의 나라면 할 수 있을까? 이성민은 잠깐 그런 고민을 해보았다.

가능의 여부를 떠나서, 앞으로 시간이 얼마나 남았는지도 알지 못하는 상황에서 므쉬의 산에 틀어박혀 수행할 수는 없었다.

"본래라면 이 산에 들어온 이상, 무조건적인 금제를 감당해야겠지만……."

므쉬가 이성민과 백소고를 보며 가느다란 미소를 지었다. 그녀는 말없이 뒤편에 서 있는 야나까지 보고서 어깨를 으쓱거렸다.

“고행을 바라여 온 것도 아니니. 금제는 적용하지 않도록 하지.”

[할 수 있는 것일까, 하지 못하는 것일까?]

허주는 그것이 궁금한 모양이었다. 사실 이성민도 궁금한 것은 마찬가지였다.

므쉬는 신이고, 이 산은 그녀의 영역이다. 확실한 것은, 이 산 안에서의 므쉬는 종언의 사도와 정면으로 맞서도 공멸할 수 있을 정도로 강력한 힘을 가졌다는 것이다.

[여하튼…… 이 산은 기묘한 곳이군. 이 어르신이 느끼기에는…… 그래. 예전에 네가, 네 사저를 구하겠답시고 뛰어들었던 던전과 비슷한 느낌이구나.]

그것까지는 이성민이 느낄 수는 없었다. 이성민은 앞서 걷는 므쉬의 등을 힐긋 보았다.

거적때기를 몸에 두르고 있는 그녀는 험준한 산세를 미끄러지듯이 오르고 있었다.

몇몇 장소가 이성민의 두 눈에도 익었다. 그는 두 눈이 보이지 않던 검귀가 서 있던 벼랑 끝을 보았다.

스칼렛이 거처로 삼았던 널찍하고 평평한 바위도 보였다. 백소고와 처음 만나고, 백소고와 함께 지냈던 석굴도 지나쳤다.

[므쉬.]

추억에 잠기기 전에, 이성민은 므쉬에게 전음을 보냈다. 므쉬는 뒤를 돌아보지 않았다.

대답 역시 돌아오지 않았으나, 이성민은 므쉬에게 질문했다.

[네 바람은 종언을 막는 것인가?]

[너는 무엇을 알고 있는 것이냐?]

[아마, 전부를.]

그 대답에 므쉬는 작게 소리내어 웃었다.

[그렇겠지. 네게 어려 있던 가호가 완전히 사라졌구나. 너를 속박하고 있던 운명도 사라졌어. 그래…… 너는 종언이 아니게 되었구나.]

이성민이 생각했던 대로였다. 므쉬는 모든 것을 알고 있었다.

[언제부터 알았지?]

[처음부터. 그토록 노골적인 운명을 휘감고 있는데, 신인 내가 그것을 알아차리지 못하였겠느냐.]

므쉬는 그렇게 말하며 계속해서 산을 올랐다. 그녀는 이 산의 정상을 향하고 있었다.

이 산에서 수행했던 이성민과 백소고도, 산의 정상까지 가본 적은 없었다.

굳이 오를 필요를 느끼지 못했기 때문이다.

[종언을 막는 것이냐고? 당연하지 않으냐. 내가 종언을 막는 것을 바라지 않았더라면 너에게 에둘러 경고를 전할 이유가 없지. 나는 나의 명운을 걸고 모험을 하였고, 그 결실을 거두었다. 네가 종언 집

행자의 운명에서 탈출할 수 있었던 것이 모두 내 덕이라고는 하지 않겠다만, 어느 정도 도움은 되지 않았느냐.]

이성민도 그 사실은 인정했다. 므쉬가 해주었던 말은, 지금에 도달하기까지 몇 번이나 이성민을 환기시킨 말이었다.

하지만 여전히 의문이 있다.

[왜…… 백소고 사저를 화신으로 삼았나?]

[그럴 필요가 있었다고 여겼지. 너는 불완전했고, 앞으로 어찌 될지도 몰랐다. 나는 혹시 모르는 마음에 너에게 명운을 걸었지만, 확실한 보험은 필요했어.]

[그게 사저인가?]

[신념이라는 것은 좋은 것이야. 꺾여 부러지지만 않는다면 언제나 예리하니까. 한 번…… 부러졌다고는 해도. 비수라는 것은 부러진 상태로도 예리한 법이다.]

므쉬가 키득거리며 웃었다. 그러는 사이에 일행은 산의 정상에 도착했다. 므쉬는 빙글 몸을 돌려 이성민을 보았다.

"바라는 것은 똑같단다. 정해진 끝이라면 피하고 싶은 것이지. 그것이 무한히 반복되는 것이라면 더더욱 말이야."

이 세상에서, 신이라는 이들은 어떤 존재일까. 정령의 여왕과 요정의 여왕은 세계가 종언을 맞고, 다시 시작될 때마다 바뀐다고 했다.

신도 그럴까. 이성민은 전음으로 므쉬에게 물어보았다. 그러자 므쉬가 웃음을 터뜨렸다.

[요정의 여왕이 많은 것들을 이야기해주었구나. 그녀로서도 상당한 모험을 건 모양이야. 종언을 피하지 못한다면 파멸을 맞게 될 텐데…….]

[너는 어떻지?]

[우리는 바뀌지 않는다. 이 세계가 끝난다면, 내가 모르는 '나'가 시련과 고행의 여신을 맡겠지. 지금의 나는 종언과 함께 죽어버릴 테고…… 후후. 어찌 보면 바뀌는 것이라고 할 수도 있겠구나. 결국, 이 세상에서 신이라는 것은 종언과 함께 죽음을 맞는 존재들과 다르지 않아. 오히려 우리 쪽이 더…… 괴롭지. 우리는 모든 것을 알고 있으니까.]

므쉬가 중얼거린 말에는 숨길 수 없는 씁쓸함이 배어 있었다.

확실히. 끝을 자각하고 있으면서도 살아간다는 것은 괴로운 일이겠지. 이성민은 혀를 차면서 므쉬의 어깨너머를 보았다.

그곳에는…….

그것을 사람이라 해야 할까.

뭔지 모를 것들이 뭉쳐 있었다. 인간으로서의 형체를 잃은 그것은 뭉개진 고깃덩어리와 다를 것이 없었다.

요괴인 야나조차도 그런 것은 처음 보아 입을 반쯤 벌렸고, 백소고도 어리둥절해 하며 므쉬를 보았다.

"저들이 가장 마지막에 금제한 것은, '육체'다."

므쉬가 키득거리며 말했다.

"처음에는 자잘한 것부터 시작했지. 그 뒤에는 감각을 하나씩 닫았고. 통각의 금제를 받았을 때가 제법 볼만했다. 통각의 금제라 해서 무통(無痛)인 것은 아니지. 그건 너희도 잘 알 것이야."

이성민은 머리를 끄덕거렸다. 미각을 금제했을 때, 이성민은 단순히 맛을 느끼지 못하게 될 것이라 여겼었다.

실상은 정반대였다. 미각의 금제는 미각을 미쳐 날뛰게 했다. 뭘 먹어도 역겨움만 느꼈었다.

"가만히 있어도 온갖 종류의 통증을 느껴대니 미칠 것 같았겠지. 나는 그쯤 되면 포기하고 내려갈 것이라 여겼는데…… 그것도 버티더구나. 계속해서 금제가 추가되었다. 끝내 마지막에는 육체 자체를 금제하였고, 저렇게 되었지."

"죽은 것이…… 아닌가?"

"저런 상태로도 정신은 살아 있다. 온갖 종류의 금제를 느끼면서 말이야. 통증, 가려움, 배고픔, 목마름 등. 그래도 살아야 하니 먹고 마실 수는 있다. 보거라. 마침 지금이 식사 시간인 모양이구나."

고깃덩이가 꿈틀거린다. 그것이 먹는 것은 바닥을 기어 다니는 개미였다.

"벌레를 먹고 아침이슬을 마셔가며 버티고 있지. 대단하지 않으냐? 항상 느끼는 것인지만, 무인(武人)은 광인(狂人)과 다를 것이 없어."

므쉬는 그렇게 말하면서 손을 들어 올렸다.

"저들이 바라지는 않았지만, 저대로 있어서야 대화도 불가능하니. 어쩔 수 없구나."

우드드득.

므쉬가 손짓하자 고깃덩어리들이 큰 소리를 내며 꿈틀거렸다. 이윽고 두 개의 고깃덩어리는 두 명의 사람이 되었다.

사람의 모습이 되었으나, 흑룡협과 창왕의 몰골은 사람이라고 하기에는 여러모로 유감스러웠다.

사방으로 퍼져나가는 악취에 야나가 콧잔등을 찡그렸다. 봉두난발을 사이좋게 늘어뜨린 흑룡협과 창왕이 머리를 들어 올렸다. 때가 잔뜩 껴 시커먼 얼굴에서 안광만이 형형하게 빛났다.

"뭐…… 야?"

내뱉은 것은 창왕이었다. 쇠를 긁는 것 같은 갈라진 목소리로 내뱉은 창왕이 주변을 둘러보았다. 그는 햇빛이 괴로워 두 눈을 손으로 부여잡으면서 내뱉었다.

"몸뚱이가 왜…… 크륵!"

카아악.

창왕이 가래를 끓였다.

퉤 뱉어낸 누런 침에는 씹다 만 개미가 뭉텅이가 되어 섞여 있었다. 흑룡협은 길게 자란 손톱을 써서 머리를 벅벅 문질렀다.

몸뚱이를 갖게 되었으나 당장 대화는 불가능했다. 어느 정도 시간이 흐르자 창왕과 흑룡협이 정신을 차렸다.

흑룡협은 눈가에 달라붙은 끔찍한 크기의 눈곱을 떼어내며 창왕을 노려보았다.

"이 빌어먹을 짓거리를 끝내라는 신의 계시가 틀림없소."

"나는 아직 끝을 보지 못했다!"

"개 같은 놈아. 끝을 보고 싶거든 너 혼자 보아라. 나는 더 이상 못 해 먹겠다."

흑룡협은 이 갑작스러운 기회를 놓칠 생각이 없었다. 흑룡협이 강하게 나오자 창왕이 얼굴을 일그러뜨리며 벌떡 몸을 일으켰다.

"이놈! 지금까지 한 고생을 물거품으로 만들 셈이냐?"

"진즉에 그만두었어야 했어. 미친놈 놀음에 놀아나느라 이 개고생을 몇 년씩이나……!"

창왕과 흑룡협이 투덕거리는 것을 보며, 이성민은 어흠하고 헛기침을 했다. 들으라고 낸 소리였기에 창왕과 흑룡협이 홱 하고 몸을 돌렸다.

"네가 수행을 방해한 것이냐!"

"방해해줘서 고맙다."

창왕이 고함을 질렀고, 흑룡협이 이성민을 향해 양손을 뻗었다. 이성민은 지저분한 흑룡협의 손을 마주 잡아 주면서 슬며시 물었다.

"그러니까…… 그…… 무슨 일이 있었던 겁니까?"

"저 미친놈에게 끌려서 이 산에 틀어박혔지."

"말은 똑바로 해! 둘이서 합공 했는데도 무신을 어쩌지 못했다는 것에 자괴감을 느낀 것은 너도 똑같지 않았느냐!"

"오냐, 말은 바로 하지. 무신에게 자괴감을 느껴 이 산에 틀어박힌 것이 아니다. 그때 죽은 사마련주의 무위가 너무나도 인상적이어서, 그것을 내 것으로 삼고 싶었기에 네 장단에 맞춰준 것이었지!"

"그렇게 말하는 놈이 이제 와서 수행을 그만두겠다고?"

"주제 파악을 했을 뿐이다. 뱁새가 어찌 황새를 쫓아가겠느냐?"

"자존심도 없는……"

"자존심은, 빌어먹을. 여하튼 나는 못 해 먹겠다. 하고 싶으면 너 혼자 해라."

"야!"

창왕이 목이 찢어져라 소리를 질렀다. 이성민은 한숨을 쉬면서 둘 사이에 껴서 중재에 나섰다.

"그만, 그만. 당신들은 이 산에 틀어박힌 동안 무슨 일이 있었는지 궁금하지도 않은 겁니까? 내가 왜 이곳에 왔는지도 안 궁금하고?"

"궁금하지. 너, 죽은 것 아니었나?"

창왕이 눈을 희번득 빛내며 물었다.

"내가 이 산에 들어오기 직전에 들은 소문이, 네가 남쪽에서 마왕과 싸우다가 뒈졌다는 것이었다. 아주 그때, 기분이 개 같았지. 기껏 도망치라고 보내주었는데 뒈질 줄은……!"

"안 죽었습니다."

"왜 살아 있는 것이냐?"

"안 죽었으니 살아 있지요."

"목숨도 질기군."

창왕이 투덜거렸다. 이성민은 그 말을 흘려들으면서, 창왕과 흑룡협에게 자신이 왜 이곳에 왔는지에 대해 설명해 주었다.

가장 먼저 종언에 대해 이해시켜야 했다. 그에 관해 이야기하자, 창왕이 배를 잡고 웃어대기 시작했다.

"무신이 하는 짓이 뻘짓이란 말이로군."

창왕이 킬킬거리며 웃어댔고 흑룡협은 씁쓸한 표정이 되었다.

"그래서. 세상이 죄다 망해 버릴 위기인데, 무신은 멸망을 막겠답시고 뻘짓을 하고 있고…… 북쪽의 뱀파이어 퀸과 그년이 데리고 있는 괴물들은 멸망을 위한 행동을 하고 있다?"

"말하자면 그렇지요."

"너는 멸망을 막고자, 우리의 힘을 빌리고 싶다는 것이고?"

"예."

"좋다."

창왕이 힘 있게 머리를 끄덕거렸다. 그는 자리에 벌떡 일어서더니 이성민을 손으로 가리키며 말했다.

"우선 한 판 붙어보고 생각하마."

창왕이 악취 나는 입을 벌려 외쳤다.

구린내는 무시했다. 이성민의 미간이 찡그려진 것은 창왕이 내뱉은 말 때문이었다.

대뜸 한 판 붙어보자니. 창왕이 저런 성향의 사람이라는 것을 알고 있기는 했지만, 그렇다고는 해도 갑작스러웠다.

"왜 내가 당신과 싸워야 하는 겁니까?"

"오랜만이니까."

창왕은 그렇게 말하면서 누런 이를 드러내어 웃었다.

"너와는 싸워서 승부가 나지 않았었지. 도중에 흥이 식어서 그만두었으니 말이야."

"그때 내지 못했던 결착을 지금 내자는 겁니까?"

"10년을 이 산에서 개처럼 굴렀다. 흑룡협과 합공했음에도 외팔이가 된 데다 지친 무신을 어찌하지 못했지. 오히려 우리가 밀렸어. 치욕을 감내하고 도망치지 않았더라면 그때 무신에게 죽었을 것이다."

그렇게 내뱉는 창왕의 두 눈이 번뜩였다.

10년 전, 북쪽에서의 일은 창왕의 생에 있어서 가장 큰 굴욕으로 남아 있었다.

일평생 합공이라는 것은 해 본 적이 없는데. 자존심을 버려 가며 시간 벌이를 위해 합공했음에도 무신을 패퇴시키지 못했다.

"무신에게 덤비기 전에, 네 스승인 마황의 싸움을 보았다. 개안을 한 기분이었지. 내가 평생을 익혀 온 모든 것들이 어린아이 장난질처럼 느껴졌다. 그러한 무위에 도달하고자 이 산에서 10년의 수행을 하였으나, 아직 마황과의 거리가 멀구나. 마황에게 직접 사사 받은 너와 싸워 본다면 무엇보다 확실히 알 수 있을 것 같아."

"그렇다고 꼭 싸울 이유가 있습니까?"

"나는 아직 무의 끝을 보지 못했다. 그러니 세상이 망해서는 안 돼. 하지만…… 그렇다고 해서 너를 꼭 도울 필요는 없지 않으냐? 내 도움을 바란다면 돕고 싶게 만들어야지."

창왕이 킬킬 웃으며 말했다. 흑룡협은 그런 창왕의 등을 보며 혀를 차며 머리를 가로저었다.

[피할 수는 없겠구나.]

허주가 이죽거렸다. 이성민은 한숨을 쉬며 말했다.

"알겠습니다. 대신, 이렇게 합시다. 적당히 해보는 것으로."

"무섭나?"

"설마 그럴 리가. 죽여서 득 될 것이 없으니 미리 약속하자는 겁니다."

"똥 싸다가 만 기분이겠군."

"그리고…… 당장 싸우는 것은 힘들 것 같군요. 당신도 기력이 꽤 쇠하지 않았습니까?"

"하루, 아니, 반나절이면 충분해. 먹고 마시고 운기조식 좀 하면 멀쩡해진다."

창왕은 그렇게 말하면서 자리에 털썩 주저앉았다. 이성민은 야나와 백소고에게 동의를 구하기 위해 머리를 돌렸다. 두 눈이 마주치자, 야나가 먼저 말했다.

"당신이 죽을 상황이 된다면 개입하겠습니다."

백소고도 말은 안 했지만 그럴 생각이었다. 자리에 앉은 창왕은 주변의 시선을 신경 쓰지 않고서 아공간 포켓을 열었다.

그 안에서 음식과 물을 잔뜩 꺼내놓은 그는 입안 가득 고인 침을 꿀꺽 삼켰다.

이 산에서 고행하는 동안 먹을 것도 금제한 덕에, 최근 몇 년은 식사다운 식사를 하지 못한 탓이었다.

하지만 그 전에. 창왕은 거울을 꺼내다 자신의 얼굴을 보았다. 흑룡협도 자신이 어떤 몰골인지 궁금한 것인지, 창왕의 곁에 앉아 거울을 보았다. 그러자 창왕이 미간을 찡그리며 흑룡협을 밀쳤다.

"가까이 오지 마라. 똥 냄새가 난다."

"댁 정수리에서 나는 냄새요."

"네 인중에서 나는 냄새겠지."

10년 동안 많이 친해진 모양이었다. 그런 것치고는 서로에게 향하는 시선이 살기를 담고 있었지만.

결국 그들은 서로의 악취를 견디지 못하고 자리에서 벌떡 일어섰다.

"좀 씻고 먹자."

"동감이오."

둘은 사이좋게 목욕을 하겠다고 폭포 쪽으로 향했다. 그러는 동안 이성민도 자리에 앉아 가부좌를 틀었다.

어쩌다 보니 창왕과 싸우게 되기는 했지만, 이성민도 내심 잘 되었다고 생각했다.

[무신과도 견주어 볼 수 있겠지.]

창왕과 흑룡협은 무신과 싸워 본 경험을 가지고 있다. 그와 싸워 본다면 지금 자신이 어느 정도의 경지에 와 있는지 확실히 알 수 있을 것이다.

약속한 대로, 반나절 뒤에 창왕은 운기조식을 끝내고 몸을 일으켰다. 피골이 상접했던 몰골이 반나절이 지나자 멀쩡하게 돌아와 있었다.

그것은 창왕이 자신의 육체를 완벽하게 지배하고 있다는 증거였다. 그는 뼈마디를 꺾으면서 한쪽에 꽂아 두었던 자신의 창을 꺼내 들었다.

그 뒤에는 므쉬가 안내해준 대로 산의 아래로 내려갔다. '적당히'라고는 해도, 산에서 싸움을 벌였다가는 산 자체가 붕괴할 위험이 있기 때문이었다.

"서로가 보낸 10년이 다르지."

널찍한 평지에 서서, 창왕이 중얼거렸다.

"10년 전의 네 기도는 불완전하고 요악했다. 지금은…… 불완전하지는 않지만 요악함은 오히려 늘어났구나. 인간 같지도 않아."

"그렇게 되었으니까."

"완전한 요마가 되었다는 것이냐? 그런 것치고는 정신은 멀쩡해 보인다만…… 흐흐, 뭐 상관은 없겠지. 강해진 것은 틀림없는 것 같으니."

창왕이 이성민의 변화를 느꼈듯, 이성민도 같은 것을 느꼈다. 창왕의 기도는 10년 전보다 예리했다. 창왕 정도 되는 무인이 10년 동안 이 산에서 고행했다.

지닌 무위가 높을수록 그보다 높은 경지로 나아가는 것이 힘들다고는 하지만, 창왕이 보낸 10년은 그를 이전보다 높은 경지로 인도하는 것에 성공했다.

이성민은 새로운 창을 쥐었다. 이번에는 박살 나지 않겠지. 이번에도 박살 났다가는 셀게루스를 볼 면목이 없을 것이다.

딸칵.

창왕은 장창을 둘로 나누어서 양손에 나누어 쥐었다.

기수식도 갖추지 않고서 창왕이 뛰어들었다. 그의 걸음은 서로 간의 거리를 단숨에 뛰어넘었고 양손에 나누어 쥔 서로 길이가 다른 두 자루의 창이 공간을 찢으며 파고들었다.

그런 창왕의 움직임이, 이성민의 눈에는 똑똑히 보이고 있었다.

이전에는 보지 못했던 움직임. 그런 속도. 파고 들어오는 창의 궤적. 이성민의 창은, 두 방향에서 들어 와 하나로 합일되는 창왕의 공격을 상대로 가장 효율적이고 위협적인 방향으로 움직였다.

쩌엉!

둔탁한 소리와 함께 서로의 창이 부딪혔다.

끼긱!

즉시 맞닿은 창들이 서로 미끄러진다. 창왕은 양팔을 유연하게 비틀었다.

그의 창은 찰나에 공간을 점했다. 이 순간에 창왕이 휘두르는 것은 더 이상 창이라고 할 수조차 없었다.

파직하고 전류가 튀었다.

질풍신뢰가 공간을 뛰어넘었다.

콰가가각!

창왕이 창을 휘두른 장소.

조금 전까지 이성민이 서 있던 곳이 무형의 창격에 찢겨 나갔다. 그 순간에 이성민은 창왕의 뒤에 있었다.

매섭게 찌르는 창끝을 느낀 창왕이 웃음을 터뜨렸다. 그는 홱 하고 몸을 돌리며 창을 크게 휘둘렀다.

그가 휘두른 창이 자색 전류를 찢어발겼다. 그 너머로 쏘아진 단창이 이성민의 가슴을 노렸다.

호신강기를 일으킬 것도 없었다. 이성민은 장창을 고쳐 잡아 짧게 쳐내듯 휘둘렀다.

창왕의 단창을 흘려내고서 이성민은 자세를 낮추었다. 죽임 따위는 쉽사리 만들어낼 위력이 서로의 창에 어려 있다.

그것은 낭비 없이 각자의 창에 어려 흩어지지 않는다.

심장이 두근거리며 뛰었다. 마르지 않는 요력이 폭발적으로 튀어나와 전신 기혈로 뻗어졌다.

온몸이 뜨겁게 달아오르는 것 같았다. 요괴로 변이해 날카로운 이빨이 가렵다.

힘이 넘치는 근육이 더한 것을 바라고 있었다. 주저할 상대는 아니다. 이성민은 육체의 난동을 허락했다.

쿠르르르릉!

몸 안에서 벽력이 진동했다. 지척의 거리에서 튀어나간 이성민의 몸뚱이는 그 자체가 끔찍한 폭력이 되었다.

창왕은 두 자루의 창을 교차해 앞으로 내세웠다. 충돌이 창왕의 몸을 뒤로 쭈욱 밀어냈다.

창왕이 큰 소리로 웃었다. 창왕의 존재감이 일렁거린다. 그가 쥔 두 자루의 창이 창왕 자신이 되었다.

10년 전에 이성민을 위협했던 신창합일이 그때보다 위협적이고 완전하게 펼쳐졌다.

보인다.

10년 전에는 보지 못했던 것들이 보인다. 신창합일. 확실하게 알았다. 적어도 '창'이라는 분야에 있어서, 이성민은 아직 창왕의 경지에 도달하지 못했다.

육체가 학살포식의 것이라고 해도 그것을 다루는 이성민의 무리가 아직 창왕에 미치지 못하기 때문이다.

하지만 대응할 수 있다. 보이기 때문이다. 두 자루의 창이 폭풍을 만들었다.

파고들 틈이 없는 공세를 상대로 하여 이성민은 주저하지 않고 뛰어들었다.

더 빠르게.

구천무극창 중 가장 빠른 절명섬 뇌광. 더 빠르게, 그리고 괴력난신이 더해진다. 공간이 일그러진다.

뻗어진 괴력난신의 압력이 창왕의 창을 옭아 쥔다. 빠아아앙! 찢어진 공기가 터져나간다. 서로의 창이 뒤로 튕겼다.

[기교로는 네가 부족하다.]

허주가 충고했다. 기교로 승부했다가는 창왕에게 휘둘리기만 할 뿐. 이성민이 확실하게 창왕보다 앞서 있는 것은.

육체의 강인함.

끝없는 요력과 내공.

그것이 속도와 힘을 만든다. 현혹시키지 못하는 단조로운 초식이라고 해도 '절대로' 피할 수 없는 속도로 쏜다.

창왕의 표정이 바뀌었다. 실제로 그는 피할 수가 없었다. 이성민의 창이 너무 빨랐기 때문이다.

창왕이 빠르게 창을 가슴 앞으로 모았고 호신강기를 일으켰다.

쿠우우웅!

창왕의 몸이 뒤로 쭈욱 밀려났다. 억지로 버티는 것보다는 자연스레 뒤로 밀려나며 충격을 흩뿌렸다.

연이어 이성민은 창끝에 모인 요력을 폭발시켰다. 쏘아진 강기가 창왕의 전신을 덮쳤다.

창왕은 고함을 지르며 두 창을 매섭게 휘둘렀다. 찢긴 파편이 사방으로 비산했다.

육체와 내공에서 앞선다고 해서 압도할 만한 상대가 아니다. 이성민은 창왕의 반응을 기다리며 창을 앞세워 견제했다.

창왕은 빼근한 양 손목을 내려 보면서 이를 드러내어 웃었다.

"적당해서는 안 돼."

창왕이 중얼거렸다.

키이이잉.

양손에 나눠진 두 자루의 창이 진동하기 시작했다. 이성민의 요안(妖眼)은 신창합일을 이룬 두 창에 알 수 없는 기운이 얽히는 것을 보았다.

저건 위험하다. 이성민은 찌릿하고 느껴지는 위기감에 표정을 굳혔다. 창왕의 말 대로였다.

이렇게 시작된 이상 적당히, 서로를 해치지 않는 선에서 싸우는 것은 불가능했다. 창왕을 상대로는 결사(決死)를 각오해야만 했다.

창왕의 창이 계속해서 진동한다. 이성민은 어찌해야 할지 고민했다. 여기서 계속해서 싸운다면 둘 중 하나는 죽을지도 모른다. 적당히, 라는 것을 따진다면 이쯤에서 그만두어야 한다.

알면서도. 이성민은 물러서고 싶지 않았다. 창왕은 사마련주의 무위를 보고서 10년을 수행했다고 했다.

그리고 이성민은 그런 사마련주의 힘을 계승했다. 시험해 보고 싶다. 그런 열망이 가슴 속에서 피어올랐다.

결과를 떠나서 창왕이라는 걸출한 무인과 제대로 승부를 내보고 싶다.

기교적으로 앞서있는, 수백 년을 매진한 그의 창을 상대로 지금의 내가 얼마나 할 수 있는지 알고 싶다.

내가 창이 된다. 창이 내가 된다.

창왕은 낮은 목소리로 그를 중얼거렸다. 수십 년 전에 깨우쳤고, 그 후 수십 년 동안 가다듬었다.

그리고 최근 10년 동안은 누구보다 앞선 곳으로 나아가기 위해 수행했다.

그렇다고는 해도, 직접 사용해 보는 것은 처음이다. 금제를 가득 두르고 한 고행은 몇 년 지나지 않아 몸뚱이를 움직이는 것이 아닌 명상이 대부분이 되었다.

머릿속으로만 다듬은 무론을 몸으로 펼치는 것은 이번이 처음이다. 움직이는 것은 몸도 아니고, 창도 아니다.

마음이다.

창왕은 창을 앞으로 쭈욱 밀었고, 이성민은 흑뢰번천을 펼쳤다. 자색 전류에 휘감긴 이성민의 몸이 공간에서 사라졌다.

창왕의 눈은 이성민의 움직임을 볼 수 없었다. 하지만 그는 감각적으로 이성민의 움직임을 쫓았다.

조금 어긋났다. 창왕의 창은 허공을 꿰뚫었다. 그 바로 옆에 이성민이 있었다.

창왕의 창이 조금만 더 정확했더라면 이성민은 창을 피하지 못했을 것이다.

그 놀람이 손끝을 무디게 만들지는 않았다. 구천무극창 이초인 분뢰추살 뢰섬과 혈류추살, 거기에 혈아육탐까지 더해졌다.

세 종류나 되는 무공을 동시에 펼치는데도 내공에 무리가 없다.

육체의 한계를 넘어서는 움직임에도 이성민의 근육은 파열되지 않고 뼈는 부러지지 않았다.

지금 이 순간, 이성민의 뼈와 근육은 고무처럼 유연히 휘어졌다.

단 한 번 창을 뻗는 것에 셀 수 없이 많은 변화가 깃든다. 그러한 공격에 맞서, 창왕은 밀어내는 창끝을 이성민을 향해 쭉, 멈추지 않고 더 밀어 넣었다.

기억에 있는 장면이었다.

신령의 개입으로 힘을 잃은 사마련주. 그런 사마련주를 덮치던 무신의 공격.

무력해 보이던 사마련주가 뻗은 일장은 무신의 공격을 모조리 분쇄했었다.

지금도.

이성민은 자신의 공격이 찢겨 나가는 것을 보았다. 그는 헉 하고 숨을 삼켰다.

창이 박살 나기 직전에 뒤로 물린다. 창왕의 두 눈에 핏발이 섰다. 그는 끝까지 창을 밀어내려 했으나.

"커흑!"

창왕의 입에서 피가 뿜어졌다. 바르르 떨던 창왕의 다리에 힘이 풀렸다.

자리에 주저앉은 창왕은 쥐고 있던 창을 놓지는 않았으나, 더 이상 휘두르지 못하고 고개를 숙여 토혈을 계속했다.

"……빌어먹을."

창왕이 입가에 범벅이 된 핏물을 손등으로 문질러 닦으며 내뱉었다.

이성민은 영문을 알 수 없어 그런 창왕을 멍하니 바라보았다.

"무슨 일입니까?"

이성민은 창왕에게 다가가며 물었다. 손등에 묻은 피를 끔찍하단 표정으로 내려 보던 창왕이 소리 내어 혀를 찼다.

그러고는 비틀거리며 몸을 일으키더니, 간신히나마 쥐고 있는 두 자루의 창을 내려 보았다.

"다리가 찢어진 것이다."

"……뭐요?"

"뱁새가 황새를 따라가려 하니 다리가 찢어졌다고. 될 줄 알았는데…… 역시, 머릿속으로 하려던 것을 몸으로 하려니 잘 안 되는군."

"그걸 이제 알았소?"

여태까지 보고 있던 흑룡협이 이죽거렸다.

성큼성큼 다가온 흑룡협이 숨을 몰아쉬는 창왕을 부축하려 했다. 그러자 창왕이 눈을 부라리며 흑룡협의 손을 밀어냈다.

"부축받을 정도는 아니다."

"선의를 무시하는군."

흑룡협은 투덜거리면서 손을 거두었다. 다리가 찢어졌다고? 이성민은 자신의 손에 쥐어진 창을 내려 보았다.

조금 전에 있었던 일이 영상이 되어 머릿속을 스쳐 지나갔다. 두 개의 장면이 떠오른다.

대부분의 힘을 잃었음에도, 무신의 공격을 손짓 한 번으로 증발시키며 그의 팔을 뜯어내던 사마련주의 모습.

자신의 공격을 천천히 내지른 창 한 자루로 찢어내던 창왕의 모습.

닮았다. 하지만 똑같지는 않다. 처음에는 같았지만…… 이후에는 달라졌다.

중간에 창로가 무너져내렸고 지워내던 강기를 완전히 밀어내지 못했다. 그 후에 창왕이 피를 토하며 주저앉았다.

'내상.'

10년의 수행을 통해, 창왕은 사마련주의 무위의 끄트머리에 닿는 것에 성공했다.

하지만 창왕이 펼치기에, 사마련주가 죽기 전에 보여주었던 수법들은 너무나도 고강했다.

무리해서 펼치는 것까지는 되었지만 유지가 되지 않아 내상을 입게 된 것이다.

"괜찮습니까?"

"안 괜찮다."

카악.

창왕은 목구멍에 남은 피를 긁어모아 바닥에 뱉었다.

"될 줄 알았는데 안 되니까 짜증 나지. 10년 동안 이 고생을 했는데도 이 정도밖에 되지 않는다는 것이 열 받고."

"……이쯤에서 그만두는 것이 어떻습니까? 내상도 그리 가벼워 보이지 않는데."

"끙……."

창왕이 반발하지 않을까 예상했는데, 창왕은 못마땅하다는 표정만 지을 뿐 반발하지는 않았다.

아무래도 보기보다 내상이 심한 모양이었다. 흑룡협은 그런 창왕을 보며 고개를 절레절레 저었다.

"그러게 왜 대뜸 싸움을 걸어서."

"사마련주의 무공을 보고 싶었을 뿐이다."

"그래서, 만족했습니까?"

이성민의 질문에 창왕이 콧방귀를 뀌었다.

"흉내는 곧잘 내더군."

"나로서도 아직 그분에게 닿지 못했습니다."

"그건 당연한 것이겠지."

창왕은 자리에 털썩 앉았다. 그리고 곰곰이 생각에 잠겼다. 조금 전의 싸움을 복기하는 모양이었다.

잠시 뒤에, 생각을 정리한 창왕이 입을 열었다.

"네 육체는 나보다 뛰어나다. 다루는 힘도 나보다 더해. 하지만 창술 자체는 10년 전과 비교해서 그리 발전하지 않았어."

"나는 10년 동안 당신처럼 수행했던 것이 아닙니다."

"하지만 재미난 것들이 섞여 있구나. 사마련주의 무공…… 그것이 창술의 부족함을 확실히 메워주고 있어. 거기에 네 몸뚱이가 말도 안 되는 수준이다. 그래서 아깝군. 네 창술이 무엇보다 뛰어났다면 나는 네 상대가 되지 못했을 것이다."

창왕은 무덤덤하게 그 사실을 인정했다.

"뛰어나지 않기에 너는 나를 제압할 수 없다. 내가 마지막에 욕심을 내어, 내 수준에 불가능한 수법을 굳이 펼치려 들지 않았다고 해도. 너는 나를 제압할 수 없었을 것이다."

"그렇다면, 당신은 나를 제압할 수 있다는 겁니까?"

"글쎄다…… 죽지 않을 자신은 있다만. 크크, 참 억울한 일이로고. 수백 년 창 하나를 휘두른 내가, 너를 상대로 죽임을 장담할 수가 없다니."

창왕은 소리 내어 웃었지만, 그 웃음에 불쾌나 자조는 없었다. 오히려 그는 즐거움을 느끼고 있었다.

"무신과 비교하면 어떨 것 같습니까?"

"너를? 아니면 나를?"

"둘 다."

"지금의 나는 10년 전의 무신보다 낫다고 생각한다. 무신을 죽이는 것은 또 모를 일이지만…… 10년이 지난 지금은 모르겠구나. 무신이 머저리가 아니라면, 10년 전에 겪은 굴욕으로 인해 10년 동안 수행했을 테니까."

창왕의 말은 놀라운 사실이었다. 10년 전에는 흑룡협과 합공해서도 무신을 어찌하지 못했는데, 10년 만에 그 시절의 무신과 최소 동등한 경지에 올랐단 말 아닌가.

그리고 그 말은 지금의 이성민이 10년 전의 무신과 대등하거나 그 이상이라는 뜻이기도 했다.

비록 이성민이 창왕을 상대로 가진 전력을 내비치지 않았다고는 해도.

"그럼, 어찌하시겠습니까."

이성민은 창왕을 보며 물었다.

"아직 대답을 듣지 못했습니다. 나는 당신의 힘이 필요합니다."

"나도 좀 듣자. 너는 어찌하고 싶은 것이냐? 무신을 칠 테냐, 아니면 프레데터를 칠 테냐?"

"둘 다."

"종언을 막겠다는 무신의 뜻이 진심이라고 해도? 놈이 뻘짓을 하고 있는 것은 신령 때문이 아니냐."

"그를 떠나서. 무신은 스승의 원수입니다."

이성민의 목소리가 차갑게 가라앉았다. 그 말에 창왕이 으하하 웃었다.

"원수부터 갚고 보겠다는 것이군. 좋다."

창왕이 머리를 끄덕거리며 말했다.

"널 돕도록 하지."

창왕이 흑룡협을 힐긋 보며 말했다.

"자, 가자."

"나도 갑니까?"

흑룡협이 눈썹을 꿈틀거리며 말했다. 그러자 창왕이 오히려 이상하다는 표정을 지었다.

"그럼 어쩔 셈이었냐?"

"……갑시다."

흑룡협이 한숨을 쉬며 대답했다. 종언을 바라지 않는 것은 그 역시 마찬가지였다.

그렇다고 해서 신령의 꼭두각시인 무신에게 돌아갈 수도 없는 노릇 아닌가. 사정을 설명하면 알아들을까?

'……보자마자 죽이려 들지 않으면 다행이지.'

그렇다고 혼자서 뭔가를 할 수 있는 것도 아니다. 사실상 종언을 막는다는 목적에 있어서는 이성민과 함께 행동하는 것이 가장 나았다.

비록 상대가 그 힘의 끝을 알 수 없는 뱀파이어 퀸이라고 해도.

"아, 그러고 보니."

이성민은 문득 생각난 것이 있어서 흑룡협을 보았다.

"10년 전에 주원에게 당했던 상처. 아직도 안 좋습니까?"

"10년 동안 그대로지."

흑룡협은 미간을 찡그리며 대답했다. 그때의 기억은 그리 떠올리고 싶지 않았다.

굴욕을 모조리 삼키고 전력으로 도망치지 않았더라면, 북쪽의 그 숲에서 주원에게 죽었을 테니까.

"하지만 인제 와서는 통증이 별 의식되지도 않는군. 이 산에서 너무 많은 고생을 해서."

"그래도 멀쩡하던 때와 비교하면 불편하지 않습니까?"

"뭐…… 그건 그렇지."

상처를 치료해주겠다고 말하자, 흑룡협의 표정이 바뀌었다. 아무리 익숙해졌다고는 해도 끝없이 저릿한 통증이 올라오는 옆구리가 불편하지 않을 리가 없다.

'두 번 오가야겠네.'

우선 야나와 백소고를 요정의 숲에 데려다준 뒤에, 다시 므쉬의 산으로 돌아오기로 했다.

그 뒤에는 므쉬의 산에서 하루를 보낸다. 므쉬의 산에 다시 돌아온다면 요정마를 세 번 타게 되는 것이다.

그 상태에서 창왕과 흑룡협을 태우고 다시 요정의 숲으로 돌아가는 것은 아무래도 위험 부담이 크다.

지난번에 네 번째 도약을 했을 때 먹은 것을 게워내던 경험을 또 하는 것은 사양이었다.

야나와 백소고를 요정의 숲에 데려다주고서, 이성민은 다시 므쉬의 산으로 돌아왔다.

창왕은 흑룡협의 호법을 받으며 운기조식을 하고 있었다. 아까 입은 내상을 회복하기 위해서였다.

이성민은 고르게 호흡하고 있는 창왕을 힐긋 본 뒤에, 흑룡협과 멀지 않은 곳에 주저앉았다.

"당신에게 물어보고 싶은 것이 있었습니다."

"뭘?"

"왜 10년 전에 그렇게 행동한 겁니까?"

오랫동안 가지고 있는 의문이었다.

당시의 흑룡협은 사마련주와의 맹약도 없던 상태였다. 그 상황에서 흑룡협이 이성민을 위해 나설 이유도, 이성민을 도망치게 하기 위해 무신의 앞을 가로막을 이유는 없었다.

오히려 그 상황에서, 흑룡협이 할 수 있는 그 자신을 위한 선택은, 무신의 편으로 돌아가 이성민을 죽이는 것이었다.

"뭘 대단한 걸 물어보나 했더니."

흑룡협은 피식 웃으면서 질겅거리며 씹던 육포를 삼켰다.

"그렇게 하고 싶어서였다. 그 상황은…… 부조리했지. 사마련주는 월후와 무신의 합공을 우습게 물리칠 수 있었다. 애초에 합공이라는 상황 자체가 불합리했고."

"그래서?"

"나는 사마련주를 그리 좋아하지는 않았다. 그는 오만하고 제멋대로였지. 하지만…… 강했어. 사실 무인에게 있어서는 그것이 전부지. 오만하고 제멋대로인 것도, 그 정도 되는 강함을 가지고 있다면 자신감으로 보이니까."

창왕이 단 한 번 보았던 사마련주의 싸움을 통해, 그의 무위를 동경하였듯.

"정신을 차리고 보니, 나 역시 사마련주의 무(武)에 매료되어 있었다. 그는…… 네 죽음을 바라지 않았지. 그 상황에서, 나는 너를 도망치게 할 힘을 가지고 있었다. 그래서 그렇게 행동했던 것이다. 무신에게 정이 떨어진 이유도 크지. 결국 꼭두각시였던 무신을 비난할 생각은 없다만."

흑룡협은 그렇게 말하면서 큭큭 웃었다.

"창왕. 저 미치광이에게 이끌려 이 산에 들어오기는 했다만, 10년이라는 세월을 억지로 버텼던 것은 내게 있어서 깊은 인상을 준 사마련주의 무위 때문이었다. 무공을 익힌 모든 무인이 그럴 테지. 그 싸움에서, 사마련주의 무공은…… 그곳에 있던 모두를 매료시켰다. 아마…… 무신도 그랬겠지."

그래.

무신도.

이름은 오래전에 버렸다.

무신이라는 별호는 그에게 있어서 태어나 처음 갖게 된 이름보다 영광스러운 것이었다.

그 누구도 '그'가 가진 무신이라는 별호를 비웃지 않았다. 그는 무신이라 불리기에 충분한 무위를 갖추었고, 그 자신도 그를 잘 알았다.

오만하다 여기지 않았다. 그에게 있어서 무신이라는 별호는 이름이 아닌 자기 자신이었다.

10년 전까지만 해도, 틀림없는 확신을 가지고 있었다. 무공을 익힌 모든 인간 중에서 나야말로 가장 높은 경지에 있고, 가장 강하며, 무신이라 칭해질 유일한 존재라고.

호적수인 줄 알았던 사마련주, 마황에게 처참한 패배를 겪었다.

월후는, 마황이야말로 종언의 재앙이기에 그런 힘을 가진 것이라고 말했었다.

무신도 그렇게 생각했다. 그렇게 생각하지 않고서는 견딜 수가 없었다. 그런 주제에.

무신은 사마련주의 모습을 보고 있었다.

10년 동안 끝없이, 계속, 쉬지 않고. 10년 전의 설원에서 사마련주와 싸웠던 것을 떠올렸다.

사마련주가 어떻게 움직였는지. 사마련주가 어떤 식으로 공격하고, 피하고, 막았는지.

그것을 모조리 풀이하고, 똑같은 상황을 머릿속에서 만들어 명상 속에서 죽은 사마련주와 싸움을 계속했다.

하지만 언제나 마지막에서 막혔다.

무력해진 사마련주가 느릿하게 손을 뻗을 때.

사마련주의 몸을 덮치던 모든 공격이 그 손짓 한 번으로 증발했을 때.

그러고서는 무신의 왼팔을 뜯어냈을 때.

그 수법을 도저히 이해할 수가 없었다. 10년의 대부분을 무신은 어떻게 그것이 가능했는가에 대해 고민했다.

그 상황에서 어떻게 그런 수법이 가능했던 것일까. 다시 한 번 그 상황이 된다면, 나는 그 수법을 파훼하고서 내 손으로 사마련주를 죽일 수 있었을까.

아니.

애초에 그때 사마련주는 죽었던 것인가?

모르겠다.

그 날 일어난 일들. 그 마지막에 있었던 일들을 이해할 수가 없다. 고민이 고민을 낳았다.

10년 동안 계속해 온 명상 속에서 무신은 자신이 낳은 의문에 대한 답을 갈구했다.

그리고 오늘.

암동(巖洞)을 나온 무신은 10년 만에 보는 햇빛에도 눈 부심을 느끼지 않았다.

암동의 밖에는 영매가 기다리고 있었다. 오늘, 이 시간에 무신이 폐관을 끝내고 나올 것임을 알고 있던 모양이다.

"그쪽은?"

무신은 빙그레 웃고 있는 영매를 보며 물었다. 영매의 곁에는 처음 보는 여자가 서 있었다.

긴 귀를 가진 엘프였다. 무신이 그녀를 물끄러미 보자, 엘프가 머리를 살짝 숙였다. 영매가 엘프를 대신해 소개했다.

"제 언니입니다."

"……월후?"

"오랜만입니다, 무신."

엘프가 입을 열어 대답했다. 월후는 죽지 않았다고. 10년 전에 영매에게 그 말을 들었을 때는 말도 안 되는 일이라고 생각했지만. 엘프에게서 느껴지는 기운은 틀림없는 월후의 것이었다. 무신은 월후를 지그시 보다가 머리를 끄덕거렸다.

"그렇군."

이해할 수 없는 일이었지만, 무신은 이해했다. 기묘하기 짝이 없는 일이지만 신령의 행사라면 이해할 수밖에 없다.

"답은 찾으셨습니까?"

영매가 빙그레 웃으며 물었다. 그 말에 무신은 다시 하늘을 보았다.

그는 눈부시지 않은 태양을 보면서 대답했다.

"나름대로는."

무신은 축 늘어진 왼쪽 소매를 힐긋 보았다. 사마련주가 마지막으로 남긴 상처. 10년 동안 쭉, 무신은 뜯긴 팔에서 통증을 느껴왔다.

하지만 지금은 통증이 없었다.

흑룡협은 자신의 옆구리를 어루만지는 테레사를 얼떨떨한 얼굴로 보고 있었다.

흑룡협의 시선을 느낀 테레사는, 고개를 살짝 들어 흑룡협을 보았다. 머리를 갸웃거린 테레사가 배시시 웃었다.

옆구리의 통증이 사라지고 있었다. 10년 동안 달고 있던 통증이었고, 앞으로도 쭉 달고 있으리라고 생각했던 통증이.

테레사의 손에 어린 백색 빛에 의해 지워져 가고 있었다.

"다 되었어요."

온몸이 중독되었던 백소고 때와 비교해서, 흑룡협의 상처를 돌보는 것은 쉬웠다.

테레사는 양손을 털면서 앉았던 몸을 일으켰다. 흑룡협은 그런 테레사의 얼굴을 멍하니 올려 보다가, 뒤늦게 정신을 차리고서 벌떡 일어나 포권을 취했다.

"……고맙다."

"뭘요. 그리 어려운 일도 아니었는데."

테레사가 헤헤 웃으며 대답했다. 창왕은 자신의 주변을 날아다니는 요정들을 뚱한 얼굴로 보고 있었다.

장난기 많은 요정들은 창왕이 자신들을 노려보고 있어도 주저하지 않았다.

재잘거리며 떠들던 요정들이 창왕에게 다가온다. 창왕은 침을 꿀꺽 삼키며 요정이 다가오는 것을 지켜보았다.

창왕과 흑룡협을 요정의 숲에 데려다 놓고서.

이성민은 네블에게서 유즈키아 산맥의 위치에 대해 들었다.

크론에서 도존을 정리했고, 창왕과 흑룡협을 포섭했다.

정령의 여왕이 강림하기 전까지 끝낼 수 있는 일은 끝내두고 싶었다. 솔직히 말해서, 아직 이성민은 제니엘라를 필두로 한 프레데터와 전면전을 펼칠 자신이 없었다.

제니엘라와 그 상위 혈족들.

라이칸슬로프인 주원과 그 심복들.

데스나이트와 리치, 요괴 중에서도 이성민이 알지 못하는 강자들이 있을지도 모른다.

알려진 바가 워낙에 적다 보니 프레데터의 힘은 미지수였다.

'넌 뭐 아는 것 없냐?'

[내가 아는 것은 300년 전의 지식이다.]

'그래도 알아두는 편이 낫겠지.'

[흠. 제니엘라의 혈족에 대해서는 나도 아는 바가 적다. 그래도 뭐, 상위 혈족이라는 놈 중에서 혈마라는 놈을 제외하고서는 다 만나보지 않았느냐.]

첫 번째 혈족인 제미니.

그 아래로 혈맹의 혈마, 첸, 쿤, 게르무드에서 만났던 라오센.

첸과 쿤의 실력은 어느 정도 보았다.

육존자인 검존과 비슷한 정도였다. 라오센도 그들과 비슷한 실력이었다.

[제니엘라는 그 자체로도 강력한 힘을 가지고 있지. 하지만,

너는 아직 만월 아래의 제니엘라를 마주한 적이 없다. 이 어르신도 지금의 제니엘라가 만월의 밤에 어느 정도의 힘을 발휘할지 예측이 잘 안 된다.]

'만월 아래에서 뱀파이어는 얼마나 강해지는 거냐?'

[개체마다 다르기는 하지만…… 최소 1.5배 정도라고 생각하면 되겠지. 만월은 뱀파이어와 라이칸슬로프에게 많은 힘을 부여한다. 불사력이 높아지고 마력이 강해지지. 육체의 힘은 말할 것도 없고.]

그게 끝이 아니야. 허주가 덧붙였다.

[만약 제니엘라가 원한다면. 그 계집은 자신에게서 비롯된 모든 혈족에게 부여한 힘을 모조리 회수할 것이다.]

'뭐?'

허주의 말에 이성민은 놀라서 되물었다. 그러자 허주가 혀를 차며 말을 계속했다.

[네가 위협적이라고 여겼던 상위 혈족들. 이례적인 경우인 제미니는 제외한다고 해도. 제니엘라가 지배하는 뱀파이어들은 모조리 그 계집에게서 비롯된 놈들이다. 혈족의 로드인 제니엘라는 원하기만 한다면, 언제든지 그들의 힘을 회수할 수 있다. 무슨 의미인지 알겠지?]

그렇게 된다면. 이성민은 꿀꺽 침을 삼켰다. 지금만 해도 어마어마한 힘을 가진 제니엘라에게 혈족 뱀파이어들의 힘까지 더해져서, 만월의 밤에 싸우게 된다면.

[전멸이지.]

허주가 이죽거렸다. 이성민도 그 사실을 인정했다. 최대한 피하고 싶은 상황이지만, 제니엘라와 싸우게 된다면 어떻게 해서든 만월을 피해야만 한다.

하지만 만월을 피한다고 해서 제니엘라를 쓰러뜨릴 수 있을까. 수틀리면 혈족 뱀파이어들의 힘까지 돌려받을 텐데?

[그래서 당장 싸움을 피하려는 것 아니냐?]

허주가 이죽거리며 말했다.

[뭐, 뱀파이어 쪽은 그렇다고 치고. 라이칸슬로프 중에서는…… 주원은 말할 것도 없고. 네가 만났던 네로라는 놈도 이 어르신이 살아있을 적에는 제법 유명한 놈이었다. 라이칸슬로프답지 않으면서도 강력한 힘을 가지고 있는 놈이었지.]

'신경 써야 할 것은 네로뿐인가?'

[네 수준에서 신경 쓸 놈은 주원과 네로, 그리고 한 마리가 더 있겠군. 브록. 300년 전의 라이칸슬로프 두령인 호원의 아래에 있던 강력한 라이칸슬로프들이다. 호원은 주원에게 죽었지만 말이다.]

'놈들은 얼마나 강한가?'

[이 어르신도 만나 본 적은 없다. 음…… 네로는 웨어타이거다. 브록은 웨어베어고.]

호랑이와 곰. 이성민은 단군설화를 떠올렸지만, 그것을 굳이 허주에게 말하지는 않았다.

[브록에 대한 이야기는 듣지 못했지만, 네로에 대해서는 들었다. 네로는 주원에게 죽은 호원의 후계자 격인 놈이었다. 호원도 네로와 같은 웨어타이거였으니까. 호원의 후계자로 불릴 정도라면 상당한 힘을 갖춘 놈이겠지. 그건 어느 정도 싸워 본 너도 잘 알 것이다.]

이성민은 머리를 끄덕거렸다. 열이 머리끝까지 올라 네로를 공격했을 때.

네로는 기겁하면서도 이성민의 공격을 피하거나 흘려냈다. 만약 네로가 죽도록 싸우고자 했더라면 쉽사리 제압하기 힘들었을 것이다.

[요괴 쪽은 그리 생각하지 않아도 될 게다. 당장 야나가 너와 함께 있으니까. 데스나이트와 리치도 마찬가지야.]

결국 신경 써야 할 것은 뱀파이어와 라이칸슬로프 쪽. 이성민은 허주가 해 준 말을 머릿속에 넣어두고서 몸을 일으켰다.

이제는 유즈키아 산맥으로 갈 때였다. 그곳에 있는 월궁이라는 장소에 대해 네블에게 정보를 부탁했지만, 월궁은 유즈키아 산맥 주변의 마을에서 전설처럼 존재하는 장소였다.

높게 뜬 달이 산 정상에 있는 호수 중앙에 잠길 때. 하늘을 떠도는 구름 속에서 신비로운 궁전이 나타난다.

그 애매하기 짝이 없는 전설만을 두고서 월궁의 위치를 추적하는 것은 힘들었다.

일단 가보는 수밖에 없다. 이성민이 몸을 일으키자 스칼렛이 다가왔다.

"같이 가."

"괜찮으시겠습니까?"

"괜찮으니까 가자고 하지. 게다가 너, 아무 대책이 없잖아. 일단 산에 가서 무식하게 몸으로 뒤져 볼 생각 아니야?"

"그 외에 다른 방법이 없지 않습니까."

"너…… 나를 대체 뭐로 여기고 있는 거야?"

스칼렛이 한심하다는 표정을 지으며 조롱 어린 말을 던졌다.

"너를 돕고 있는 사람은, 자화자찬이 아니라 이 세상에서 손에 꼽히는 실력을 가진 마법사거든? 네가 열심히 산 전체를 헤집는 것보다, 내가 그 산의 정상에 가서 탐색 마법을 펼치는 것이 훨씬 나을 거야."

"그럼…… 부탁드리겠습니다."

이성민이 쓰게 웃으며 말하자, 스칼렛은 흥하고 콧방귀를 뀌었다. 유즈키아 산맥은 남서쪽으로, 신궁이 있는 도시인 프라바호에서 출발하는 것이 가장 빨랐다. 프라바호로 간다는 말에 테레사는 숲에 남아 있겠다고 말했다.

거의 가출하다시피 나왔기에, 괜히 프라바호로 돌아갔다

가 재수가 없으면 성기사들에게 잡힐지도 모른다는 것이 이유였다.

흑룡협과 창왕도 숲에 남았다. 창왕은 이성민과의 싸움에서 불완전하게나마 펼쳤던 무공에 대해 고민하겠다고 답했고, 흑룡협은 10년 동안 고행을 겪은 몸을 추스르고 싶다는 것을 이유로 대었다.

유즈키아 산맥에 가는 것에 큰 위험성은 없을 듯했다. 월궁을 지배하고 있던 월후는 10년 전에 죽었다.

월궁에 가는 것은 혹시 모를 영매와의 흔적을 찾기 위해서였지, 싸움을 위해서는 아니었다.

그래도 야나와 백소고는 이성민과 함께 가기로 했다. 어떤 일이 벌어질지 모른다는 것이 이유였다.

결국 이번에도 이성민은, 야나와 스칼렛, 백소고와 함께 요정마에 오르게 되었다.

[새삼 생각하는데. 네 주변에는 여자가 참 많구나. 이번에도 여자들이랑만 가고 말이야.]

'내가 그러고 싶어서 가는 것도 아니잖아.'

[뭐 나쁜 이유는 아니잖느냐? 영웅호색이라고 했다.]

'난 영웅이 아니다.'

[종언을 막는다는 것은 세상을 구하는 것 아닌가? 세상을 구하면 영웅이지.]

허주가 껄껄거리며 웃었다. 이성민은 그 웃음소리를 무시하며 프라바흐의 성문을 떠올렸다.

요정마의 도약이 끝난 후, 곧바로 이동을 시작했다. 마차라도 빌릴까 하였지만 그럴 필요는 없었다.

성문에 도착한 순간, 야나는 부탁도 하지 않았는데 구미호로 모습을 바꾸어 다른 일행을 등에 태웠다.

[어느 쪽으로 가면 되겠습니까?]

'그…… 일단 북서쪽으로 올라가 주십시오.'

[예.]

야나가 하늘을 달렸다. 스칼렛은 몸을 포근히 감싸는 금색 털들을 보면서 얼떨떨한 표정을 지었다.

"……그래…… 구미호였지……."

부유감 없이 하늘을 나는 기분은 몇 번을 느껴도 기묘했다. 백소고는 아래를 휙휙 지나치는 풍경을 보며 혀를 내둘렀다.

그러는 동안 스칼렛은 아공간 포켓에서 마도서를 꺼내 펼쳤다. 하던 작업을 산에 도착할 때까지 정리하려는 모양이었다.

이성민은 그런 스칼렛을 보며 궁금증이 일어 질문했다.

"스칼렛 님은 어떤 연구를 하고 있는 겁니까?"

"나?"

스칼렛은 마도서를 빼곡히 채운 술식들을 내려 보면서 콧잔등을 찡그렸다.

"이미 스칼렛 님은 원하던 비원을 이룬 것 아니었습니까?"

"내 이름을 내건 학파를 세우는 것이 내 비원은 아니야."

스칼렛이 심드렁한 목소리로 대답했다. 이성민의 전생에서, 스칼렛은 마법사 길드 내에서 독자적인 학파를 설립하고 적색 마탑주가 되었다.

전생의 스칼렛이 그 외에 어떤 비원을 품고 있었는지는 모르는 일이지만, 지금 생의 스칼렛은 다른 비원을 가지고 있는 모양이었다.

"나는 대마법을 만들고 싶어."

스칼렛이 대답했다.

"레시르 학파의 주문 각인은, 내가 기문둔갑을 섞어서 만든 마법 체계지. 하지만 대마법이라고 할 수는 없어."

엄밀히 말하자면 가동 방식만 다른 것이니까. 스칼렛은 그렇게 덧붙이며 펜을 꺼냈다.

"작금의 마법들은 예전부터 존재하던 마법들을 조금씩 변형시키고, 합치고, 나누고, 그런 것들이 대부분이야. 마법이라는 학문은 오래되었고…… 이 세상은 전 차원에서 사람을 불러들이잖아. 온갖 종류의 마법을 익힌 마법사들이 들어오고, 또 마법이 섞이고, 만들어지고. 그러다 보니 오리지널 마법을 만드는 것이 힘들어. 자잘한 것을 만들 수는 있겠지."

"그렇다면, 스칼렛 님은 오리지널 마법을 만들고 싶으신 겁니까?"

"그건 불가능할걸?"

아마도. 스칼렛이 작은 소리로 중얼거렸다.

"나는 나 스스로를 천재라고 생각하기는 하지만, 그렇다고 오만하지는 않거든. 내가 생각하는 오리지널은 어차피 이 세상에 다 존재하고 있을 거야. 내가 주문 각인을 먼저 만든 이유가 그거야. 마법을 새로 만드는 것은 불가능에 가깝지만, 가동 방식을 바꾸는 것은 비교적 쉬웠거든."

쉽다고 할 수는 없는 작업일 텐데. 이성민은 아무렇지 않게 말하는 스칼렛을 보며 헛웃음을 흘렸다.

"이 세상에 존재한 적이 없던 그런 마법이 아니라. 내 이름을 내건, 레시르 학파의 주문 각인으로만 펼칠 수 있는 대마법. 나는 그걸 만들고 싶은 거야. 학파도 만들었고 마탑도 세웠으니, 이것만으로 펼칠 수 있는 마법이 있어야 구색이 맞을 것 아냐? 어느 정도 작업이 끝나면 마도서도 집필해 볼 생각이고."

그렇게 말하는 스칼렛의 두 눈에는 열정이 가득 차 있었다. 두꺼운 책에 잔뜩 적어놓은 술식을 고쳐 적던 스칼렛이, 머리를 들어 이성민을 보았다.

"그래서 세상이 망하게 둘 수는 없는 거야."

"연애 때문 아니었습니까?"

"그것도 이유 중 하나지. 연애 한 번 못 해봤는데, 억울해서라도 세상이 망하게 둘 수는 없어. 그리고…… 평생을 바쳐 학파를 만들고, 이제 마법을 만들어내고 있는데. 마도서 한 권 완성하기 전에 세상이 망해버리면…… 지금까지 살아온 내 인생에 무슨 의미가 있겠어?"

다 똑같겠지. 스칼렛이 중얼거렸다. 그 말은 창왕이 했던 말을 떠올리게 했다.

무의 끝을 보지 못했으니 죽을 수는 없다는 말.

결국 스칼렛이나 창왕이나, 종언을 바라지 않는 이유는 똑같다.

이성민은.

행복한 적이 없었다.

볼란데르나 김종현에게 말했던 것처럼, 이성민이 종언을 막는 가장 큰 이유는 '억울해서'였다.

쭉 이용만 당했다. 과거로 돌아온 것 자체가 마령이 이성민을 이용한 것이었다.

그 이후로도, 이성민을 중심으로 해서 끝없이 사건이 전개되었던 것 모두가 마령이 의도했던 운명의 흐름이었다.

즉, 여태까지 이성민이 살았던 삶의 대부분은 마령과 운명의 농간이었던 것이다. 학살포식으로 각성하기 전의 이성민은 꼭두각시였다.

그런 와중에서 행복을 느낀 적은 없다. 만남은 대부분이 이

별로 끝났고, 종언을 불러오기 위한 강제적인 생존은 끝없는 싸움을 강요했다.

이제야 그 운명에서 탈출하게 되었다. 그럼에도 종언이라는 운명은 바뀌지 않는다.

그러니, 억울해서라도 종언의 운명을 바꾸고 싶었다. 행복했던 적도 거의 없고, 앞으로라도 행복해지고 싶어서.

무의 끝을 보고 싶다.

한때 이성민은 그것을 목적으로 삼았다. 그것은 지금도 마찬가지였다. 끝을 보지 못했으니, 그 끝을 보기 위해서라도 종언을 막아야만 했다.

그리고, 간절함은.

사마련주가 죽었고, 아벨이 죽었다.

그들의 죽음이 헛되지 않게 하기 위해서라도 종언을 막아야만 한다.

4장
월궁

유즈키아 산맥은 온갖 종류의 전설이 얽혀 있는 곳이었다.

요괴와 토속신앙이 강한 남쪽, 엘프들이 똬리를 튼 태고의 숲을 지나 서쪽으로 북상하여, 몇 개의 밀림을 더 지나면 끝이 보이지 않을 정도로 높은 봉우리와 준엄한 산세를 가진 유즈키아 산맥과 만나게 된다.

[유즈키아 산은 휴잴 산과 함께 남쪽에서 가장 높고 신비로운 영산으로 불립니다. 저로서는 와 본 적이 없는 곳이지만요.]

아래서부터 올라간다면 한참을 등반해야겠지만, 하늘을 자유롭게 뛰어다니는 야나 덕분에 그런 고생을 할 필요는 없었다.

야나는 단숨에 구름보다 높은 곳으로 뛰어올라, 우뚝 솟아 있는 봉우리 중에 가장 높은 곳으로 달려나갔다.

이 정도 높이까지 올라온 것은 처음이다. 이성민과 백소고,

스칼렛은 몸을 포근히 감싼 금색 털 너머로 머리를 빼서 아래를 보았다.

뿌연 구름 아래를 보면서 스칼렛은 혀를 찼다.

"떨어지면 죽겠지?"

"죽지는 않아도 엄청나게 아프겠죠."

이성민이 너스레를 떨며 덧붙였다. 물론 떨어질 일은 없을 것이다. 이성민이나 백소고의 경지라면 허공답보 정도의 경공 수준은 옛적에 넘었고, 스칼렛도 마법을 써서 추락 정도는 멈추는 것이 가능하다.

봉우리의 정상에 도착해서, 야나는 등 뒤에 태우고 있던 일행을 내려주었다.

다시 인간의 모습으로 돌아온 그녀는 등허리가 뻐근한 것인지 허리 뒤에 손을 대고서 등을 활처럼 휘었다. 이성민은 그런 야나의 모습에 미안함을 느껴 머리를 꾸벅 숙였다.

"감사합니다."

"괜찮습니다."

야나는 그렇게 답하며 주변을 둘러보았다. 정상은 짙은 안개로 뒤덮여 있었다.

앞을 보는 것도 힘든 안개였지만, 이곳에 온 이들 중 이런 안개 따위에 불편을 느낄 이들은 아무도 없었다.

멀지 않은 곳에서 물이 흐르고, 폭포가 되어 떨어지는 소리가 났다. 야나가 손가락을 들어 한쪽을 가리켰다.

"저곳인 모양입니다."

차가운 습기가 옷을 적셨다. 스칼렛이 손가락을 가볍게 움직이자 그것만으로 마법이 발현되었다.

젖은 옷이 순식간에 마르고 더 이상 옷이 젖지 않게 되었다.

얼마 지나지 않아 일행은 호수 앞에 도착했다. 넓은 호수의 끄트머리는 폭포의 입구였다.

이성민은 하늘을 올려 보았다. 달은 아직 뜨지 않았다. 만월이 가장 높을 때 구름 너머에서 월궁이 나타난다.

전설은 그런 내용이었지만, 이성민은 무턱대고 전설을 믿을 생각은 없었다.

"내가 나설 때로군."

스칼렛이 으스대며 앞으로 나왔다. 전설을 믿지 않는 것은 그녀도 마찬가지였다.

그녀는 미리 끼고 있던 장갑을 확인하고서 양손을 들어 올렸다. 손끝을 가볍게 두드리면서 허공을 훑자 금색으로 빛나는 룬 문자들이 허공에 잔뜩 나타났다.

스칼렛은 능숙하게 룬 문자를 조합하고, 새로운 글자를 손가락으로 휘갈겨 써내면서 콧노래를 흥얼거렸다.

"영산이라고 할 만하네. 마력량이 엄청나. 이 정도면 요정의 숲과 비슷하겠는걸."

"그 정도입니까?"

"응. 너는 느끼지 못하겠지만, 정령의 존재감이 굉장히 강해. 이 산에 마력이 넘치는 것은 그 이유 때문일 거야."

스칼렛의 말을 들으며 이성민은 머리를 끄덕거렸다. 유즈키아 산에 대해 알아볼 때, 정령에 관한 얘기도 들었다.

이곳은 정령사들에게 있어서 성지와 같은 곳이었다. 상위 정령과 계약할 때 토지의 힘을 빌기 위해 정령사들은 유즈키아 산을 찾는다고 했다.

이 산뿐만이 아니라 세상에는 정령의 힘이 강하게 느껴지는 토지가 몇 군데 더 존재했다.

"달에서 월궁이 나타난다는 것은 말도 안 돼. 내가 보기에는 공간을 가지고 장난질을 한 것 같은데…… 음, 음……."

허공을 두드리는 스칼렛의 손놀림이 빨라졌다. 조합된 수십 개의 문장이 스칼렛의 주변을 떠돌았다.

"……역시. 공간과 공간의 사이에 인조공간이 있어. 주술의 결계식을 섞기는 했지만…… 다행히 내가 풀이할 수는 있을 것 같아."

스칼렛이 사용하는 마법은 순수한 마법이 아니다. 그녀의 마법은 음양도와 기문둔갑에서 출발했고, 엄밀히 말하자면 주술에 근간을 두고서 마법을 섞어 발전시킨 것이다.

얼마 지나지 않아 스칼렛이 배시시 웃었다. 그녀의 오른손이 호수의 한가운데를 가리켰다.

키이잉!

스칼렛의 주위를 맴돌고 있던 룬 문자들이 일제히 빛을 발했다.

쿠르르릉……!

공간이 진동을 시작했다. 호수의 표면에 자그마한 파문이 만들어지더니 점점 커졌고, 이윽고 호수 전체가 출렁거렸다.

공간의 진동이 거세어지면서 호수 위에 균열들이 나타났다. 그것을 보며 웃던 스칼렛이 활짝 펼치고 있던 오른손을 꽉 쥐었다.

꽈지지직!

균열이 크게 어긋났다. 그리고 붕괴한다. 공간이 붕괴하면서 숨겨져 있던 공간이 모습을 드러냈다.

새하얀 나무로 지어 올린 동양풍의 저택이었다. 월궁은 출렁거리는 호수 표면 위에 내려앉았다.

그대로 가라앉는 것이 아닐까 걱정하였지만, 월궁은 둥실거리며 호수의 표면 위에 떠올랐다.

"가자."

스칼렛이 시원스레 말했다. 이성민은 감탄하여 스칼렛을 쳐다보았다.

오기 전에 그렇게 자신감을 보이더니, 실제로 그녀는 이곳에 도착하자마자 바로 월궁의 위치를 탐지하는 것에 성공한 것이다.

"대…… 단하시네요."

"싸움은 네가 나보다 훨씬 잘할지도 모르겠지만, 나는 싸우는 것 말고 다른 것도 잘한다고."

스칼렛이 가슴을 앞으로 내밀며 으스댔다. 스칼렛을 데려오지 않았더라면 몇 날 며칠 동안 산을 떠돌다가, 월궁을 발견하지 못하고 요정의 숲으로 돌아가야 했을 것이다.

"그래서, 끝이야? 더 칭찬하고 싶은 말은 없어?"

"역시 스칼렛 님은 마법사 중의 마법사이십니다."

"뻔한 말이네."

스칼렛은 투덜거리는 했지만, 기분은 좋아 보였다.

혹시 모를 위험이 있을지도 모르니 이성민이 앞장섰다. 그는 호수의 표면 위를 걸으며 월궁을 향해 다가갔다.

도존은 월후가 죽지 않았다고 했지만, 이성민은 월후의 죽음을 직접 보았기 때문에 도존의 말을 믿지는 않았다.

도존이 진실만을 말하는 맹세를 하였다고 해도…… 직접 만난 것도 아니고 살아 있다는 식으로 얘기를 들은 것이 전부였으니 어느 정도 오해가 있을 수도 있다고 생각했다.

월후가 죽었다고 해도 저 커다란 저택에 월후 혼자서 살 것 같지는 않았다. 제자나, 다른…….

"……뭐야 이건?"

저택의 문을 열고 들어갔을 때. 일행을 덮친 것은 지독한 악취였다. 이성민은 콧잔등을 씰룩거리며 눈가를 찡그렸다.

그는 이게 무슨 냄새인지 잘 알고 있었다. 시체, 그것도 아무런 처리 없이 방치되어 썩어 문드러진 시체의 냄새였다.

일행은 급히 악취의 근원지로 향했다. 지하로 이어지는 계단을 발견해 아래로 내려갔다. 악취는 계단의 끝, 반쯤 열린 철문의 틈 사이에서 나고 있었다.

문을 연 뒤에, 스칼렛이 마법을 써서 어둠을 밝혔다. 그러기 전부터 이 안에 무슨 일이 벌어졌는지는 모두가 알고 있었다.

썩어 문드러진 시체를 탐색했다. 일주일이 채 안 된 시체들이었다.

[자기들끼리 죽였나?]

'그런 모양이야.'

시체에 남긴 상처는 다양했다. 모두가 무공의 흔적이었다. 이성민은 문 바깥, 위로 이어지는 계단을 보았다. 말라붙은 핏자국이 발자국이 되어 남아 있었다.

이 시체 더미 속에서 누군가가 살아 나갔다는 뜻이었다.

"한 명이야."

"누굴까요?"

"그보다는 이들이 누구인지를 아는 것이 먼저겠지요."

야나가 중얼거렸다. 시체에게 물어본다면 금방 답을 알 수 있겠지만, 안타깝게도 스칼렛은 네크로맨시 마법까지는 익히지 못했다.

그렇다면 다른 네크로맨서의 도움을 받으면 될 일이다. 이성민은 네블을 불러냈다.

"흑마법사…… 말입니까?"

"네. 가급적이면 혈맹의 보호를 받지 않는 분으로."

"리치는 어떠십니까?"

"안 됩니다."

김종현 이후로 흑마법사는 에리아에서 배척받게 되었다. 사냥대상이 된 흑마법사들은 혈맹에 몸을 의탁했고, 혈맹의 맹주인 혈마는 제니엘라의 두 번째 혈족이다.

혈맹 소속 흑마법사와 접촉하는 것은 제니엘라에게 정보가 흘러나갈 위험이 있었다.

이곳에서의 정보라고 해 봐야 대단한 것은 아닐 테지만, 조심을 기해서 나쁠 것은 없었다.

"음…… 혈맹과 관련이 없고, 리치가 아닌…… 그리 어려운 요구는 아니군요."

"그렇습니까?"

"예. 김종현의 대학살 이후로 마법사 길드에서 흑색 마탑이

해체되었고, 대부분의 흑마법사가 혈맹에 흘러가기는 했지만…… 그렇다고 모든 흑마법사가 그리 몰락한 것은 아닙니다. 충분한 힘을 가진 흑마법사, 대마법사의 반열에 든 이들은 마법사 길드의 흑색 마탑에 소속되어 감시 처지에 놓이는 것을 거부하고, 제각각 음지로 흘러 들어가 던전을 꾸리고 살았지요. 그런 분 중에 에레브리사의 회원이신 분들도 계십니다."

네블은 그렇게 말하며 잠시만 기다려 달라 청했다. 조금 시간이 흐른 뒤에 네블이 다시 나타났다.

그가 공간을 가르자, 그 너머로 시커먼 로브를 뒤집어쓴 흑마법사의 모습이 보였다.

"이름을 밝힐 필요는 없겠지?"

특수한 마법이 걸린 모양인지, 후드 안쪽에는 시커먼 어둠만이 보일 뿐 흑마법사의 얼굴은 보이지 않았다.

"하지만 나는 너희들이 누구인지 잘 알겠군. 그 마력과 장갑…… 적색현자를 만나 뵈어 영광이라고 해야 하나?"

"엿이나 먹어요."

킬킬거리는 흑마법사의 말에 스칼렛이 가운뎃손가락을 세웠다.

"그리고 그쪽은…… 흠, 모르겠군. 하지만 너는 누구인지 잘 알겠어. 어마어마한 요력에 아홉 개의 꼬리라면 너무 노골적이잖나. 그렇다면…… 네가 귀창이로군. 김종현을 죽인 녀석. 너희 둘이 같이 다닌다는 사실은 유명하지. 북쪽 도시에서 그렇게 설쳐댔으니 말이야. 그렇다면 저 여자가 묵섬광인가?"

북쪽 도시와 크론에서 있었던 일은 이미 에리아 전역에 소문으로 퍼졌다.

이럴 줄 알았으면 변장이라도 할 걸 그랬나? 이성민은 그런 생각을 했지만, 그러기에는 너무 늦었다.

"김종현을 압니까?"

"놈은 흑마법사의 영광이고 종말이었지. 그 어떤 흑마법사도 하지 못한 일을 해냈지만, 너무 설쳤어. 나는 솔직히 김종현이 잘 죽었다고 생각해. 꼴좋게 말이야."

흑마법사는 웃으면서 메마른 손가락을 엮어 깍지를 꼈다.

"무엇을 부탁하고 싶나? 말해 보게."

"이곳에서 무슨 일이 벌어졌는지 시체들에게 묻고 싶습니다."

"어려운 일은 아니군. 가야 할 곳으로 가지 못하고 고여 있는 혼들이 몇 개 있어……."

흑마법사는 그렇게 중얼거리며 수인을 맺었다. 그 전에. 이성민은 네블을 힐긋 보며 말했다.

"그 일들에 대해 저 흑마법사가 듣지 못하게 해주실 수 있습니까?"

"알겠습니다."

"난 궁금하지도 않아. 보수만 받으면 되는 일이니까."

흑마법사가 투덜거렸다. 그러면서도 수인은 착실하게 맺었다. 마법이 펼쳐진 순간, 네블은 열려있던 공간을 닫았다.

서늘한 바람이 시체가 뒹구는 방을 헤집었다. 몇몇 시체의 위에서 희뿌연 연기가 치솟았다. 연기들은 제각각 뭉쳐 망령의 모습이 되었다.

"묻고 싶은 것이 있으면 묻도록 해. 이지는 마법으로 제압해 두었으니까."

닫힌 공간에서 흑마법사의 목소리가 들렸다. 이성민은 네블을 힐긋 보았다.

"이쪽에서의 이야기는 전해지지 않을 겁니다."

"뭐야 그게? 마법? 그런 수준의 공간 마법은 들어본 적도 없어."

스칼렛이 혀를 내두르며 말했다. 이성민은 망령들에게 다가갔다.

"이곳에 없는 시체가 누구입니까?"

그 질문에 망령들이 멍한 눈으로 시체들의 얼굴을 내려 보았다.

"레비아스가 없어."

"레비아스가 나를 죽였어."

"그녀가 살아남은 거야. 그녀가 스승님의 진전을 잇게 되었어."

"레비아스가 누구입니까? 스승이라면…… 월후? 왜 당신들은 서로 죽인 겁니까?"

다시 질문하자 망령들이 머리를 끄덕거리며 답했다.

"레비아스는 내 사저야."

"10년 전에 월궁에 들어왔지. 우리의 막내. 아버지의 원수를 갚겠다며 이곳으로 들어왔어. 엘프…… 무공이 강했지. 스승님은 레비아스를 권존의 딸이라고 불렀어."

"스승님은 우리보고 서로 죽이라고 했어. 살아남은 한 명에게 자신의 모든 것을 주겠다고 하셨지."

이성민의 두 눈이 크게 떠졌다. 권존의 딸. 사냥조장. 엘프의 숲에서 이성민은 사냥조장을 죽이지 않았다. 그녀가 숲을 떠나 월후의 제자가 되었단 말인가? 아니, 그보다. 이성민은 급히 물었다.

"월후가 당신들보고 서로 죽이라 했다고? 월후는 10년 전에 죽었을 텐데?"

"스승님은 죽지 않았어."

"10년 동안 모습을 보이지는 않으셨지만, 스승님의 목소리는 우리를 인도했지."

"죽은 건 우리야."

이성민은 급히 방문을 나섰다. 그는 계단에 남은 핏자국을 따라 이동했다. 엷게 말라붙은 핏자국은 고풍스러운 문 앞에서 멈춰 있었다.

안에는 인기척이 없었다. 문을 열고 들어가자, 본래 무엇이었는지 알 수 없는 살덩이들이 바닥에 엉겨 붙어 있었다.

"……이건……."

살덩이 중에, 무언가가 보였다. 자세히 보니 그것은 박살 난 머리의 파편이었다.

살덩이들은 지하실의 시체들과 비슷한 수준까지 부패되어 있었다.

무슨 일이 있었던 것일까.

도존의 말이 맞았다. 죽은 줄 알았던 월후는 살아 있었다. 권존의 딸은 월후의 제자가 되었고, 최후에는 월후의 모든 것을 받았다.

그게 무슨 의미일까. 알 방법은 없었다. 이성민은 방에서 몇 종류의 물건을 챙겼다. 월후의 소지품으로, 프라우에게 부탁하여 월후의 행방을 찾아볼 생각이었다.

쿠르릉.

소지품을 챙기고 나오려는 순간, 월궁이 뒤흔들렸다.

"이건……."

흠칫하고 어깨를 움츠린 스칼렛이 급히 허공에 룬 문자를 만들었다.

"공간침식……? 말도 안 돼, 갑자기 왜? 이런 일이 가능할 리가……!"

스칼렛이 당황하여 외쳤다. 이것은 마법으로는 불가능한 현상이었다. 주변 풍경이 크게 일렁거리기 시작했다. 도망쳐야 해! 스칼렛이 고함을 질렀다.

"공간이 침식되고 있어! 재수 없으면 이 공간에 영원토록 갇히게 돼!"

그 말에 이성민은 급히 요정마를 불러들이려 했다. 하지만 요정마는 부름에 답하지 않았다.

어느새 이 공간은 요정마가 뛰어넘을 수 없는 공간으로 바뀌어 있었다.

'말도 안 돼. 설마 지금……?'

언젠가 정령의 여왕이 눈을 뜰 것이라고.

소멸하던 학살포식이 남긴 말이 이성민의 머리를 스쳤다.

폭발이 일어났고,

빛이 사방을 뒤덮었다. 이성민은 저항할 수 없는 빛의 파도에 떠밀려가면서 다른 이들을 찾았다.

스칼렛, 백소고, 야나. 그녀들이 어찌하고 있는지, 무사한지. 하지만 두 눈을 가득 덮은 빛은 너무 강해서, 코앞에 있는 것도 제대로 보지 못하게 만들고 있었다.

두 눈으로 보지 못하는 것까지 느끼게 해주는 기감으로도 그녀들의 존재감을 파악할 수가 없었다.

[괜찮냐?]

허주의 목소리만이 선명하게 들렸다. 두 눈이 보이지 않는 것과 감각이 닫힌 것.

그 외에 이상은 없었다. 이성민은 허우적거리듯 양팔을 움직여 앞으로 나아가려 했다.

갑작스러운 공간침식.

그에 대한 이유는 아직 스칼렛에게 듣지 못했다. 위험하다…… 라고는 하였지만, 정말 그런가? 빛이 스쳐 지나간다.

이성민은 제 자리에 서 있었지만, 이유 모를 가속감을 느꼈다. 기묘한 기분이었지만 위험하다고 할 정도는 아닌 것 같았다.

그러던 중에.

이성민은 무언가를 보았다. 빛이 스쳐 지나가는 중에. 빠르고, 느리고, 어느 순간 멈춰서.

그 속에서 이성민은 우두커니 서 있었다. 보이는 풍경은 과거인지 미래인지 현재인지 알 수가 없었다.

이성민의 두 눈이 멍해졌다. 멈춰버린 빛의 폭풍 너머에 서 있는 것은, 절대로 잊을 수가 없는 얼굴이었다.

거의 변하지 않았지만, 조금은 변한 모습이었다. 확연한 차이점은 머리카락이 길어졌다는 것.

조금…… 말랐나? 원래부터 살집이 없던 그녀였지만, 이성민은 그녀의 얼굴이 10년 전보다 조금 더 갸름해졌다는 것을 눈치챘다.

표정에 묻은 것은 피로, 권태, 짜증, 분노. 그런 다양한 감정이 담긴 눈동자가 향한 대상은 보이지 않는다.

"위지……."

호연.

당황을 누르고, 간절함만을 담아 그녀의 이름을 불렀다. 목소리가 닿은 것일까.

빛의 폭풍 너머에 있는 위지호연의 머리가 돌아갔다. 단지 크게 떴을 뿐인데, 그것만으로 위지호연은 이전과는 전혀 다른 인상이 되었다.

이성민과 위지호연의 두 눈이 맞닿았다. 위지호연이 무어라 말하기 위해 입을 열었다.

멈췄던 풍경이 움직인다. 순식간에 풍경이 스쳐 지나간다. 불꽃과 바람과 물과…… 그것들이 모인 뭉텅이들이 스쳐 지나간다.

뭐지? 이성민은 앞뒤 가리지 않고 앞으로 달렸다. 스쳐 지나간 위지호연을 잡기 위해서였다.

멀다. 아니, 정확히 말하자면 몸이 거의 앞으로 움직이지 않고 있었다. 스쳐 지나간 공간은 이성민의 속도로도 쫓기에는 너무 멀었다.

조금 전에 보았던 것은 환상이었나? 왜 지금 순간에 그런 환상이 보인단 말인가?

빛의 폭풍 너머에서 무언가가 보였다.

쫑긋 솟은 고양이 귀였다.

그 순간에, 이성민은 앞뒤 생각하지 않고 그것을 붙잡았다.

콰당탕!

폭풍이 사라졌다. 이성민은 달리던 자세 그대로 무너져서 땅을 뒹굴었다.

혹여 자신이 잡은 것이 다칠까 봐, 품 안에 끌어안고 호신강기를 일으켰다.

하지만 생각했던 것과는 달리 뒹구는 충격은 그리 강하지 않았다. 대신에 이성민을 덮친 것은 차가운 호수의 물살이었다.

푸화악!

한 번 물속으로 빨려 들어간 뒤에, 이성민은 빠르게 호수 바깥으로 뛰어나갔다.

"아아아아아아아아아-!"

시끄러운 비명이 쉼 없이 이어지고 있었다. 이성민은 뚝뚝 떨어지는 물방울을 무시하며 소리가 들리는 방향을 바라보았다.

마법결계 속에서 스칼렛이 머리를 싸매고 웅크리고 앉아 있었다. 그 멀지 않은 곳에서 엉거주춤한 자세로 서 있던 백소고가 슬며시 자세를 바로 했고, 아홉 개의 꼬리로 몸을 감싸고 있던 야나도 꼬리를 아래로 내렸다.

한참 동안 이어지던 스칼렛의 비명이 멈췄다. 그녀는 주변을 둘러보다가, 헛기침을 하며 몸을 일으켰다. 그리고 손을 휘둘러 자신을 보호하고 있던 마법결계를 해제했다.

"……죽는 줄 알았어."

"저도요."

"사실 죽었어야 해. 방금 정도 규모의 공간침식은 마법으로 꿈도 꿀 수 없는 재앙이라고. 의외일 정도로 아무 일도 일어나지 않았지만 말이야."

"보지 못하신 겁니까?"

"너 나 놀리는 거지? 내가 눈 감고 비명 지르고 있던 것 뻔히 봤으면서, 뭐? 보지 못해? 뒤지고 싶어?"

스칼렛이 귓불을 빨갛게 물들이며 역정을 냈다. 그런 의미로 한 말은 아닌데.

이성민은 슬며시 뒤로 물러서면서 야나와 백소고를 보았다. 시선이 마주치자 둘은 머리를 가로저었다.

"눈이 부셔서 아무것도 보지 못했어."

"저도 마찬가지입니다."

그렇다면 정말로 환상이었나? 아니, 마냥 그렇게 생각할 수는 없었다. 이성민은 자신의 품 안을 내려 보았다.

그 순간에, 잘못 본 것은 아니었다. 쫑긋 솟았던 고양이 귀. 뜬금없다는 생각보다는 반갑다는 생각이 먼저였다.

오래전에 죽은 광천마의 유언이 머릿속을 맴돈다. 언젠가, 기회가 된다면. 설마 그 언젠가가 오늘일 것이라고는 생각하지 않았었는데.

"루비아 님."

이성민의 품 안에 기절한 것은 루비아였다. 10년 전에 게르무드에서 잠깐 보고, 인사도 제대로 나누지 못했던 루비아.

이성민은 루비아의 손목을 잡았다. 정신을 잃은 것뿐이었다. 혈도에 내공을 흘려보내니, 루비아의 몸이 바르르 떨렸다.

"……윽……!"

얼마 지나지 않아 루비아가 감고 있던 눈을 떴다. 빛이 돌아온 눈동자가 이성민을 보았다. 루비아의 입이 크게 벌어졌다.

"자, 자. 진정하시고."

이성민은 루비아가 비명을 지르기 전에 손을 들어 그녀를 진정시켰다. 대뜸 비명부터 시작해서 진정시키기에는 한참이 걸린다.

이성민은 루비아의 두 눈을 들여 보면서 지금 벌어진 상황에 관해 설명했다.

대뜸 일어난 공간침식에 휘말렸고, 스쳐 지나가는 빛의 폭풍 속에서 이상한 것을 보았으며, 폭풍이 끝나기 전에 루비아가 보여서, 대뜸 붙잡았다고.

"미쳤어요?"

이성민이 상황을 설명하는 동안, 루비아는 이 갑작스러운 상황에 대한 놀람을 어느 정도 진정했다.

하지만 이성민의 마지막 말에, 루비아는 진심으로 어이가 없어서 그렇게 내뱉고야 말았다.

"그 상황에서 왜 절 잡은 거예요? 운이 좋았기에 망정이지, 자칫하다가는 전 공간의 틈 사이로 떨어져 영원한 미아가 되었을 거예요. 아니면 몸이 뻥 하고 터져 죽던가!"

"……그것은 미안합니다. 사정을 잘 몰랐거든요. 그래도, 어찌 되었든 죽지 않고 살았으니 다행인 것 아닙니까?"

"못 본 사이에 굉장히 뻔뻔해지셨네요."

"나이를 먹으면 뻔뻔해지는 법이지요."

이성민의 대답에 루비아가 헛웃음을 흘렸다. 그녀는 잠시 이성민의 얼굴을 노려 보다가, 한숨을 푹 내쉬며 말했다.

"우선 손 좀 놓아주실래요?"

"아, 예."

이성민은 아직 잡고 있던 루비아의 손목을 놓았다. 루비아는 뚱한 표정을 짓고서, 발버둥 치듯이 이성민의 품 안에서 빠져나왔다.

10년, 아니, 그 이상의 세월이 흘렀는데도 루비아는 처음 잠자는 숲에서 보았던 모습 그대로의 어린 모습을 유지하고 있었다.

늙지 않아서가 아니라, 루비아가 만들어진 인공정령이기 때문이었다.

"오랜만이라는 말도 못 했네요. 10년 전에는 제대로 인사도 못 했잖아요."

"……잘 지내셨습니까?"

"잘 지내지는 못했죠. 그때, 정령의 여왕께서 제게 내린 임무는 주인님…… 엔비루스 님을 보살피는 것이었어요. 하지만 정신을 차려 보니 나는 정령계에 돌아가 있었죠. 그 순간에, 나는 내가 모시던 주인님이 돌아가셨다는 것을 알게 되었어요. 본래라면 나는 여왕님의 분노로 소멸하였겠지만, 그 시기에 여왕님은 깊은 잠에 빠져 계셨죠."

루비아의 표정이 씁쓸해졌다. 그녀는 여왕의 10년에 달하는 수면 덕에 목숨을 건졌으나, 그것을 다행이라고 여기지 않았다.

루비아는 자신의 주인인 엔비루스를 진심으로 모셨었다. 한데, 가장 중요한 순간에 정신을 잃고 주인이 살해당하는 것을 막지 못했다는 것에 죄책감을 느낄 수밖에 없었다.

"여왕님이 깨어나면 그 벌을 받게 될 것이라고 생각했어요. 하지만…… 벌을 받기도 전에, 누군가가 정령계를 침략해 온 거예요."

"……예?"

모두가 루비아의 말에 귀를 기울이고 있었다. 루비아는 스칼렛이나 야나보다는 백소고를 노골적으로 힐긋거리고 있었다.

오래전에, 이성민과 함께 백소고를 구하기 위해 던전으로 들어간 때가 기억나는 모양이었다.

"당신이 잘 아는 사람이에요."

그걸 사람이라고 할 수 있을지 모르겠지만.

루비아가 작은 소리로 덧붙였다.

"보름쯤 전에, 한 인간…… 이 정령계로 들어왔죠. 소천마 위지호연. 그녀가 어떻게 정령계로 들어온 것인지는 저도 잘 모르겠어요. 아마, 정령계의 다른 정령들도, 심지어 여왕님조차도 그녀가 어떻게 들어온 것인지 알 수 없을 거예요. 본래 인간이 정령계로 들어오는 것은 불가능한 일이니까."

"……그 후로, 어떻게 된 겁니까?"

"그…… 위지호연은, 다짜고짜 여왕님을 공격했어요."

루비아는 자신이 본 것을 대체 어떻게 설명해야 하는지 알 수가 없었다. 그 정도 규모의, 그 정도 '격'을 가진 존재들의 싸움을 보는 것은 처음이었다.

정령계는 여왕의 영지.

그녀의 손짓 한 번이면 끔찍한 힘을 가진 최상위 정령들이 움직인다.

그럼에도 여왕은, 정령계에서 싸우면서도 위지호연을 압도하지 못했다.

최상위 정령들은 위지호연과 여왕이 싸우는 중에 튀어나간 힘의 파편에 얻어맞은 것만으로 소멸했다.

"보름 동안 멈추지 않고 싸움이 이어졌죠."

그러니까 인간이 아닌 것 같다고 말하는 것이다. 정령계에서 여왕의 힘이 마르지 않는 것은 당연한 일일 터이나, 위지호연 또한 보름 동안의 싸움에서 조금도 지치거나 힘이 마르지 않았다.

"계속된 싸움은 정령계 자체를 파괴하기 직전까지 갔죠. 그 순간에, 여왕님은 정령계가 완전히 파괴되는 것을 막기 위해 급하게 정령계를 이 세상에 침식시켰어요. 해서는 안 될 일이지만…… 여왕님은 개의치 않았죠."

"이 산에는 정령들이 많았어."

이야기를 듣고 있던 스칼렛이 중얼거렸다.

"아무래도 이 산은 정령계와의 연결이 강한 스팟이었던 모양이야. 재수가 없어도 이렇게 없을 수가. 왜 하필 우리가 이곳에 있는 중에 이런 일이 벌어진 거야?"

"정령계가 이 세상에 침식되었다면, 정령계에 있던 정령과 여왕들은 어떻게 된 겁니까?"

"……충분히 준비되지 않았고, 여왕님도 지친 상태에서 벌인 침식이었어요. 사실 위지호연, 그녀가 개입해 오지 않았더라면 여왕님은 준비가 모두 마친 뒤에 아무 불안 없이 침식에 성공했을 거예요."

"그러면 어떻게 되는 겁니까?"

"끝이죠."

루비아가 축 처진 목소리로 답했다.

"여러 가지 의미로요. 저쪽의 마법사님이 말했던 것처럼, 에리아에는 이 산과 마찬가지로 정령의 기운이 강한 스팟이 몇 군데 더 존재해요. 그곳에서부터 시작된 침식은 우선 그 일대를 완전히 날려버렸을 것이고, 이후에는 정령계의 강력한 정령들과 여왕님이 본신의 힘을 그대로 갖고서 이 세상에 강림했을 거예요. 그리고, 여왕님은 하고자 하시던 일을 하셨겠죠."

종언.

루비아의 이야기를 듣고서 이성민은 침묵했다.

불완전한 침식.

정령의 여왕이 바라던 것이 어느 정도나 이루어졌는지 알 수가 없었다. 하지만, 이성민은 아무리 불완전하다고 하여도 정령의 여왕 본인이 에리아에 강림했다고 생각할 수밖에 없었다.

이유는 간단했다. 지금의 세계에서, 정령의 여왕은 예정되어 있는 종언이었다.

엔비루스가 동생인 아벨에게 죽은 순간부터. 정령의 여왕은 종언으로서 강림하여 이 세상을 멸망시킬 운명을 갖게 되었다.

"……이 산 외에, 정령의 힘이 강한 다른 스팟을 알고 계십니까?"

"……몰라요."

루비아가 우울한 목소리로 답했다.

"저는, 솔직히 혼란스러워요. 여왕님은 이 세상을 멸망시키려 하고 있고…… 그런데 제 주인님은 이 세상을 구하고자 하셨어요. 저는……."

"루비아 님은 무엇을 바라십니까."

이성민은 루비아를 보며 물었다.

"엔비루스가 이 세상을 구하고자 했던 것은 저도 압니다. 비록 그는 그렇게 죽어버렸다지만, 그가 세상을 구하고자 했던 것은 진심이었을 겁니다. 요정의 여왕은 엔비루스가 죽은 것에 대해 이 세상에 책임을 물려 하고 있고요."

루비아는 아무런 말도 하지 않았다.

"……광천마 할아버지는 어디로 갔나요?"

조금의 침묵 끝에 루비아가 그것을 물었다. 그 말에 이성민의 표정이 딱딱하게 굳었다. 잠깐 머뭇거린 뒤에, 이성민은 한숨을 쉬며 대답해 주었다.

"그때, 어르무리에서…… 돌아가셨습니다."

"아……."

루비아의 입이 벌어졌다. 그렇게 멍하니 있던 루비아의 두 귀가 축 늘어졌다.

"광천마 님은, 죽기 전에 저에게 이런 유언을 남겼습니다. 언젠가…… 루비아 님이 잘 지내는지 확인해 달라고."

"저는…… 잘…… 지냈어요."

"앞으로도?"

루비아가 두 눈을 들었다. 예전의 추억 때문인지 그녀의 두 눈은 촉촉이 젖어 있었다.

"앞으로 정령의 여왕은 이 세상을 멸망시킬 겁니다. 나는 그녀를 전력으로 막을 생각이고요. 그러다 보면 루비아 님과도 싸우게 될지도 모릅니다. 당신이 정령의 여왕의 편을 든다면 말입니다."

"저는…… 그리 강하지 않아요."

"그렇다면 저에게 죽겠지요."

루비아가 결국 눈물을 뚝뚝 흘렸다.

"왜 이렇게 된 거죠?"

루비아가 우는 소리를 냈다.

"광천마 할아버지도 죽고, 제 스승님도 죽었어요. 왜 저한테 이런 일이 생기는 거예요?"

"어떤 빌어먹을 자식이 이 세상을 그따위로 흘려보내고 있기 때문입니다. 나는 그 빌어먹을 새끼를 쳐 죽이는 것이 목표입니다."

진심으로. 이성민은 살기 가득한 목소리로 내뱉었다.

"그리고 이제는 정령의 여왕을 쳐 죽여야겠지요. 솔직하게 말하겠습니다. 루비아 님, 당신이 저를 도와주신다면 좋겠지만, 당신에게도 입장이 있다는 것은 이해합니다. 당신은 결국 정령이니까요. 당신이 여왕에게 충성한다면, 이 세상을 멸망시키겠다는 그 미치광이 년과 함께하시겠지요. 만약, 내가 정령의 여왕 앞에 서게 되었을 때."

이성민은 손을 뻗어 루비아의 눈물을 닦아 주었다.

"도망치십시오. 그렇다면 제가 당신을 죽일 일은 없을 테니까요."

이성민은 그렇게 말하며 몸을 돌렸다. 스팟을 찾는 것과는 별개로, 이성민은 다른 무언가를 해볼 생각이었다. 그러기 위해서는 우선 이 장소를 떠나야 했다.

"……체네론 대호수, 다하르 유적지, 페무드 화산."

루비아가 중얼거렸다.

"그리고 잠자는 숲과…… 이곳, 유즈키아 산맥. 이렇게 다섯 곳이 정령의 힘이 강한 스팟이에요. 여왕님의 존재는…… 아직 느껴지지 않아요. 이 세상에 여왕님이 강림했다면 반드시 제가 알았을 거예요."

"강림에 실패했다는 겁니까?"

"아뇨. 그게 아니라……."

루비아의 말문이 멈추었다.

[너무 많은 것을 떠드는구나.]

웅웅거리는 목소리가 공간을 진동시켰다. 거대한 바람이 사방을 휩쓸었다.

[여왕님을 배신할 셈이냐?]

불어닥치는 바람 속에서 거대한 사내가 몸을 일으켰다.

"실피……."

경악한 루비아가 말을 끝내기도 전이었다. 거대한 바람이 명확한 살의를 가지고서 루비아를 덮쳤다.

포착하는 것이 불가능할 정도로 빠르게 덮쳐 온 공격이 루비아의 몸을 갈기갈기 찢으려 했다.

그 순간에 루비아는 자신에게 어떤 일이 일어날 것인지 알지 못했다.

이성민이 나섰다. 그가 들어 올린 창이 루비아를 지나 덮쳐 오는 바람을 향해 나아갔다.

푸확!

바람이 찢겼다. 수십 갈래로 찢긴 바람이 사방으로 튀어나가다가 다시 원래 있던 곳으로 되돌아갔다.

"누굽니까?"

이성민은 루비아에게 질문했다. 몰아치는 바람 속에 서 있는 남자는 얼굴이 잘 보이지 않았다.

남자, 라는 것도 목소리가 그렇다는 것이지 모습이 그런 것은 아니었다.

"시, 실피드 님. 바람의 정령 중에서 가장 강력한, 바람의 정령왕이에요."

"정령의 여왕에 정령왕. 개판이군."

이성민은 투덜거리면서 앞으로 나섰다.

바람, 물, 불, 땅.

정령 중 대표적인 것이 저 사대 정령이고, 사대 정령에는 가장 강력한 힘을 가진 네 명의 정령왕이 있다. 정령의 여왕은 그 정령왕들과 모든 정령을 다스리는 존재다.

[너는 인간…… 인가? 아니, 인간일 리가 없지.]

실피드가 이성민을 내려 보며 중얼거렸다. 바람이 그에게 모이고 있었다.

이 거대한 산맥에 부는 모든 바람이 실피드에게 모여들었다. 이성민은 휘몰아치는 뒷머리를 손으로 붙잡으면서, 진즉에 머리카락을 정리하지 않은 것을 조금 후회했다.

[루비아. 여왕님은 자신의 연인을 지키지 못한 죗값을 아직 너에게 묻지 않으셨다. 그런데 이제는 네가 먼저 여왕님을 배신하였구나.]

"자, 잠깐, 실피드 님. 배신할 생각은……."

[변명하지 마라. 여왕님을 해하겠다는 저 무엄한, 인간도 아닌 괴물에게 말하지 말아야 할 일을 떠들어 놓고서 배신이 아니라고? 내가 이곳에서 너를 보고, 네가 한 일에 대해 알게 된 순간 모든 정령이 너의 배신을 알게 되었다.]

실피드가 비웃음을 흘리며 내뱉었다. 거대한 폭풍 속에서 실피드가 완전히 몸을 일으켰다.

이성민은 일어서는 실피드를 따라 머리를 들었다. 그런 이성민의 곁에 스칼렛과 백소고, 야나가 모였다.

스칼렛은 머리를 양손으로 잡아 헤집으면서 중얼거렸다.

"바람의 정령왕이라니…… 이제는 하다 하다 정령이랑도 싸우는 거야?"

[이건 싸움이 아니다. 징벌이지!]

스칼렛의 목소리를 들은 것인지, 실피드가 준엄한 목소리로 외쳤다.

[내 비록 홀몸으로 이곳에 강림하였다고는 해도, 너희 모두를 죽이기에는 차고 남는 힘을 가지고 있다!]

"혼자라는군요."

묻지도 않았는데도 알아서 설명해 주는 실피드의 말을 듣고서, 이성민은 루비아를 힐긋 보았다.

"뒤로 물러나 계시지요."

"하, 하지만……."

"누구를 걱정하시는 겁니까. 저를? 아니면 저 바람의 정령왕을? 지금 상황에서 걱정해야 할 것은 루비아 님, 바로 당신 자신입니다. 아니면 이대로 바람의 정령왕에게 죽으시겠습니까?"

이성민의 질문에 루비아는 말문이 막혔다. 그녀가 머뭇거리는 사이에 이성민은 야나와 스칼렛, 백소고를 보며 말했다.

"뒤로 물러나 계십시오. 루비아 님을 부탁드리겠습니다."

"돕지 않아도 되는 건가요?"

야나가 물었다.

쿠르르르르!

실피드를 중심으로 모인 바람은 거대한 폭풍이 되어 있었다. 그 안에서 들려오는 바람 소리가 살벌했다.

"일단 해보죠."

이성민은 대수롭지 않다는 듯이 대답했다. 백소고가 걱정스러운 눈으로 이성민을 보았다. 그런 백소고를 향해 이성민은 빙긋 웃으며 말했다.

"큰 문제는 없을 겁니다."

[오만한 놈이로다.]

오가는 모든 이야기를 들은 실피드가 노골적으로 불쾌감을 내비쳤다. 놈의 몸은 바람으로 이루어졌고 그 얼굴에 표정은 없었다.

하지만 이성민은, 그 어렴풋하게 보이는 실피드의 몸뚱이를 향해 창을 세웠다. 완전히 몸을 일으킨 실피드는 자그마한 산과 버금가는 크기였다.

이성민은 그런 실피드를 올려다보면서 창을 쥐었다.

[꽤 적극적으로 나서는군. 자신 있어서냐?]

'그것도 그렇고.'

머릿속에서 들려오는 허주의 질문에 답하면서, 이성민은 자세를 낮추었다.

'위지호연이…… 정령의 여왕과 싸웠다고 했어.'

[보름 내내 싸웠는데도 결과가 나지 않았다고 했지.]

'난 말이야. 지금의 내가 위지호연보다 강할 것이라고는 생각하지 않아. 학살포식의 몸을 얻고서 10년. 내 무공은 그리 발전하지는 않았어.'

이성민은 그러한 현실을 확실하게 자각하고 있었다. 몸뚱이가 완전해지고 내공과 요력의 조율이 안정되었지만, 무공은 거의 발전하지 않았다.

10년 동안 잠들어 있던 탓이다.

하지만 위지호연은 아니다. 사마련주조차 인정할 수밖에 없었던 부조리한 재능.

그것에 마령의 도움까지 더해졌다. 위지호연이 보낸 10년은 위지호연을 까마득한 경지까지 올려놓았을 것이다.

10년 전의 이성민은 위지호연과의 비무에서 한 번 승리했고, 숲에서 함께 1년을 보내는 동안 위지호연은 이성민과 동등한 경지까지 올랐다.

지금은 위지호연이 먼 곳에 서게 되었을 것이다.

'위지호연이 정령의 여왕을 쓰러뜨리지 못했다면. 내가 정령의 여왕을 쓰러뜨리는 것은 불가능해. 하지만…… 정령의 여

왕보다 못하다는 정령왕은 내가 쓰러뜨릴 수 있어야 해. 아니, 쓰러뜨려야만 해.'

[어느 정도는 네가 바라던 대로 되었구나.]

허주가 낄낄거렸다.

[너는 그 시절에도 위지호연이 자신보다 강하기를 바라였지. 위지호연의 뒤를 쫓기를 바라였어.]

'어느 정도는.'

[10년이 흘러 그렇게 되었구나. 정체된 너와는 다르게 위지호연은 저 멀리까지 나아갔다.]

'명확한 목표가 있다는 것은 좋은 거야.'

폭풍 속에서 실피드가 양손을 들었다.

'뛰어넘고 싶어지니까.'

이성민의 발이 땅을 박찼다. 그는 순식간에 아득한 높이까지 날아올랐다. 그 이치를 벗어난 속도에 실피드가 놀랐다.

그는 당황 대신에 모아두었던 바람을 일제히 터뜨렸다. 호수에 고여 있던 물들이 거대한 파도가 되어 밀려 나갔고 월궁이 바람에 맞아 박살 났다.

야나는 아홉 개의 꼬리를 펼쳐 스칼렛과 백소고, 루비아를 감쌌다. 스칼렛도 당황하지 않고서 마법 결계를 펼쳤다.

덮쳐오는 거센 폭풍을 상대로 이성민은 양손으로 창을 잡았다. 허리를 크게 비틀면서 단숨에 창을 휘두른다.

꽈르르릉!

창을 휘두를 때 벽력의 소리가 났다. 자색 전류가 한 번 번쩍거리고 터졌다. 갈래 번개가 사방으로 퍼져나가며 바람을 찢었다.

이성민은 텅 빈 공중을 발로 딛으며 앞으로 나아갔다.

키기기긱!

이성민의 손안에서 창이 맹렬한 회전을 시작했다. 흩어진 전류가 다시 이성민의 창으로 모여들었다.

순식간에 초식이 완성되었다. 본래 구천무극창의 칠초, 관천은 충분한 힘을 집중하고 모아두어야 펼치는 것이 가능한 초식이었다.

지금은 아니었다. 넘쳐흐르는 요력과 내공은 바라는 순간 일어나고 움직여서, 관천은 펼치고자 하는 순간부터 내공을 집중시켜도 바로 펼칠 수 있을 정도였다.

이성민의 손에 잡힌 창이 바르르 떨렸다. 이성민은 양팔을 뒤로 쭉 밀어낸 뒤에 창을 앞으로 쏘았다.

꽈아앙!

관천이 폭발했다. 어마어마한 힘이 응집된 뇌격이 폭풍의 정중앙으로 쏘아졌다. 그 힘에 실피드가 헉 소리를 냈다. 한 점으로 모인 바람이 크게 부풀었다.

귀가 먹먹해질 정도로 커다란 소리가 났다. 찢긴 바람이 사방으로 흩어졌고 자색 전류가 봉우리 전체를 휘감았다.

튀어나간 큼지막한 전류가 가까운 곳에 있는 봉우리들을 꿰뚫었다. 그것만으로 봉우리 끄트머리가 완전히 소멸했다.

창 한 번 휘두른 것으로 이런 결과가 났다. 창왕과 싸울 때와는 다르게 내공과 요력을 조절하지 않았다.

[이런 말도 안 되는!]

관천의 일격에 실피드의 몸이 크게 휘청거렸다. 그래 봤자 바람이라 뻥 뚫린 구멍이 금세 메워지기는 했지만, 실피드는 경악하여 외쳤다.

찌지지직!

흑뢰번천과 자하신공이 함께 운용되었다. 겉에서 바람을 깎아 봤자 그 안에 있는 실피드에게 직접적인 타격을 줄 수는 없다.

애초에 정령을 완전히 죽이는 것이 가능한가도 모르겠고.

하지만 역소환은 가능하다. 정령이 이 세상에 존재할 수 없을 정도의 타격을 주는 것이다.

이성민의 전신에 호신강기가 둘러졌다. 그 뒤에 이성민은 주저하지 않고 폭풍 속으로 뛰어들었다.

[멍청한 놈!]

실피드가 비웃음을 터뜨렸다. 호신강기를 몸에 둘렀다고는 해도, 실피드가 보기에 이성민의 행동은 자살행위였다.

카가가각!

호신강기의 위를 날카로운 바람이 덮쳤다. 폭풍의 중심이 고요하다고들 하지만, 실피드가 만들어 낸 폭풍에는 해당되지 않는 말이었다. 밀도 높은 바람과 모든 것을 찢어버리는 바람이 이성민에게 집중되었다.

호신강기는 찢기지 않았다. 끝없는 내공과 요력은 지금 이 순간, 세상 무엇보다 견고한 방어벽이 되었다.

다만, 몸의 중심을 잡는 것이 힘들었다. 거대한 바람이 쉼 없이 이성의 몸을 떠밀고 휘청거리게 만들었다.

상관없었다. 몸의 균형을 잡는 것이 힘들다고 해도. 창을 잡은 양팔은 흔들리지 않는다.

이성민의 창에 내공과 요력이 집중되었다. 구천무극창의 사초, 구룡살생 뇌겁과 혈환신마공의 오초인 혈영백섬이 동시에 펼쳐졌다.

꽈아앙!

폭풍의 중심에서 커다란 폭발이 일어났다. 자색 전류에 휘감긴 아홉의 용이 사방으로 쏘아졌다.

폭풍이 터지고 바람이 흩어졌다. 그 뒤에 이성민은 차분히 다음 초식을 준비했다.

시야가 어지러웠다. 흩어진 바람과 내공, 요력들이 무분별하게 날뛰었다. 이성민은 곧게 뻗은 창을 천천히 당겼다. 그리고

한 번 더.

구천무극창 육초, 공도 폭뢰.

창을 내지른 방향으로 자그마한 구멍이 만들어졌다. 구멍은 순식간에 확장되었고 그 안에서 자색 전류가 들끓었다.

꽈지지직!

들끓던 전류가 폭발하면서 실피드를 휘감고 있던 바람이 일제히 소멸했다.

바람으로 이루어진 몸뚱이를 가진 실피드의 몸이 크게 휘청거렸다. 실피드는 경악이 너무 커서 뭐라고 떠들지도 못했다. 이성민은 땅을 박차 실피드를 향해 내달렸다.

[놈!]

실피드가 역정에 차 고함을 내질렀다. 그의 양손이 들렸다. 다른 바람의 정령들의 도움이 없다고 하여도 그는 바람의 정령왕이었다.

흩어진 바람이 모조리 그의 손안으로 모였다. 그것은 거대한 망치가 되었다. 단순히 바람을 모으고, 할퀴고, 그런 것만으로는 저 말도 안 되는 놈을 상대할 수가 없다. 실피드는 늦게나마 그것을 깨달았다.

늦은 깨달음이었다.

실피드가 망치를 휘두르자, 그것은 천재지변을 일으켰다. 세상을 휩쓰는 폭풍이 한 점에 모여 이성민을 덮쳤다.

공도의 길이 막히기 직전. 이성민은 정면으로 들어오는 해머를 보았다. 그의 몸을 덮고 있던 호신강기가 크게 부풀었다.

디딜 곳 없이 뻗은 걸음이 하나, 둘, 셋. 삼보필살 천광이 해머보다 먼저 덮치는 바람을 밀어냈고, 한 걸음 더 뻗은 걸음이 사보광란 백뢰를 만들었다.

몇 번이나 울렸던 벽력 소리가 그 어느 때보다 크게 울렸다. 실피드의 손에 쥐어진 바람의 해머가 흔적도 없이 소멸했다.

무기를 잃은 실피드는 고함을 지르며 양손을 휘둘렀다. 바람은 끝이 없었다. 아주 작은 손짓만으로도 부는 것이 바람이다.

바람의 정령왕인 그의 손짓은 한 번 휘두를 때마다 자그마한 폭풍을 만들어냈다. 이 산에 존재하는 모든 바람이 실피드의 무기였다.

이성민의 무기는 창 한 자루와 몸뚱이.

그럼에도 압도하는 쪽은 이성민이었다. 창끝에 전류가 모인다. 부푼다. 이성민이 존재하는 공간 속에서 그는 뇌신이 되었다.

볼란데르를 소멸시킨 그 힘이 다시 한번 발현되었다. 이성민은 금색 눈으로 실피드를 보았다.

붙잡아 묻고 싶은 것은 없었다. 그렇기에 손속에 망설임을 가질 이유 또한 없었다.

만뢰가 폭풍을 번개로 찢었다. 몰려든 뇌운이 공간을 가득

채웠다. 쉼 없이 터지는 번개의 중심에서 실피드는 더 이상 바람을 불러내지 못했다. 이성민은 실피드를 향해 창을 내지르면서, 담담히 선고했다.

"개벽."

끝이었다.

콰르르르르!

바람이 무너졌다. 봉우리에 모여 있던 바람이 본래 있어야 할 곳으로 돌아갔다.

이성민은 증발해 버린 호수의 한가운데에 서서 흩어지는 바람을 보았다.

소멸? 역소환? 어느 쪽이든 상관없다. 중요한 것은 지금 이 순간, 그리고 앞으로도. 실피드는 이 세상에 나타나지 못한다는 것이다.

"실피드가 나타나서 다행입니다."

이성민이 입을 열었다.

"루비아 님은 배신자가 되어 정령의 여왕에게 돌아갈 수가 없게 되었군요. 만약 루비아 님이 자살할 마음으로 돌아갈지도 모르겠지만. 만약 그렇게 된다면, 저는 루비아 님을 보내지 않을 겁니다."

루비아가 허탈한 표정으로 이성민을 보았다. 그녀는 방금 자신이 본 것을 믿을 수가 없었다.

바람의 정령왕. 아무리 갑작스러운 강림이었다고는 해도, 정령계에서 여왕 아래에 존재하는 가장 강력한 정령 중 하나가 허무하게 역소환 당해버린 것이다.

"이, 이성민 님…… 당신은 대체……."

"앞으로 바빠질 겁니다."

이성민은 그렇게 중얼거리며 창을 등 뒤에 걸쳤다.

"우선 금색 마탑으로 가도록 하죠."

"금색 마탑? 그곳에는 왜?"

"로이드 님을 만나봐야겠습니다."

이성민은 그렇게 말하면서 폐허를 뒤로했다.

5장
금색 마탑

루비아는 어쩔 줄 몰라 하다가 이성민의 뒤를 좇았다. 이성민은 창을 휘두른 어깨를 주무르면서 조금 전의 싸움을 떠올렸다.

바람의 정령왕이라고는 하지만, 생각보다 약했다. 이성민은 실피드와의 싸움에서 위기다운 위기를 느끼지 못했었다.

그가 일으키는 바람과 폭풍은 이성민의 호신강기를 뚫지 못했고, 그에게 작은 생채기도 입히지 못했다.

"원래 정령왕이라는 것들은 그렇게 약합니까?"

"설마요."

어쩔 수 없이 이성민의 뒤를 따르고 있던 루비아가 대답했다.

"조금 전의 실피드 님은 전력이 아니었어요. 정확히 말하자면 전력을 내지 못하는 상황이었죠. 정령왕의 힘은 다스리는 정령의 힘과 더해진다고요. 최하위 바람의 정령까지 긁어모아서 바람을 일으키니까요."

정령계에서라면 실피드가 전력을 발휘할 수 있었겠지만, 이곳에서는 아니었다. 갑작스러운 공간침식은 정령왕인 실피드를 강림시키는 것에는 성공했지만, 다른 바람의 정령들은 데려오지 못했다.

"시간이 지난다면 실피드 님은 더욱 강해졌을 거예요. 바람의 정령왕은 존재하는 것 자체만으로 바람의 정령을 만들어내니까요. 특히 이곳, 유즈키아 산은 바람의 정령이 특히나 많은 곳이에요."

루비아는 그렇게 말하며 불어오는 바람을 향해 양손을 뻗었다.

"……뭐, 지금 와서는 의미가 없지만요. 본래의 힘을 완전히 되찾기도 전에 역소환 당하셨으니까요."

"협조적이시군요."

"이성민 님 때문이잖아요!"

루비아가 눈을 흘기며 쏘아붙였다. 이성민은 피식 웃으면서 계속해서 질문했다.

"기왕 이렇게 되었는데, 조금 더 알려주시는 것이 어떻습니까? 루비아 님도 억울하게 죽고 싶지는 않으실 텐데."

"대체 왜 나한테 이런 일이 생기는 거예요?"

"말하지 않았습니까. 어떤 빌어먹을 놈이 이 세상의 운명을 가지고서 장난을 치고 있다고. 우리가 이해할 수 없는, 이렇게 되어서는 안 될 모든 빌어먹을 우연들이 그 개자식 때문입니다. 루비아 님의 주인이 죽은 것도 마찬가지고."

이성민의 말에 루비아의 얼굴이 찌푸려졌다.

"실피드가 말하지 않았습니까? 모든 정령이 루비아 님이 배신자라는 것을 알게 되었다고. 그럼에도 돌아가실 겁니까?"

"여왕님을 배신하고 싶지는 않아요."

"그러면서도 저를 돕고는 싶고?"

"……여왕님은 세상을 멸망시키려 하고 있잖아요."

루비아가 어깨를 축 늘어트리며 말했다.

"……그건 싫어요."

루비아가 가진 감정과 상황은 복잡했다. 그녀는 정령의 여왕이 만들어낸 인공정령으로, 여왕의 피조물이기에 그녀를 거스를 수는 없다.

탄생 이후부터는 엔비루스와 함께 지내면서 행동을 같이했다. 비록 아벨에게 죽음을 맞고, 결과적으로 정령의 여왕이 날뛰는 계기를 마련했다고는 해도.

엔비루스가 종언을 막고자 하는 마음은 진심이었다.

"광천마 할아버지도…… 죽었잖아요. 제가 잘 지내기를 바라면서."

루비아의 걸음이 멈추었다. 앞서 걷고 있던 이성민은 루비아를 돌아보았다.

"어떤 식으로든 저는 죽을 수밖에 없어요."

루비아가 우울한 목소리로 중얼거렸다.

"저는 정령의 여왕님이 만들어낸 인공정령이에요. 그분이 부르신다면, 언제고 그곳으로 소환될 수밖에 없죠. 그리고 정령의 여왕님이 죽는다면 저도 죽게 된다고요. 여왕님이 굳이 저를 죽일 필요가 없듯이."

"그건 내가 해결해 줄 수 있어."

이야기를 듣고 있던 스칼렛이 목소리를 냈다.

"사정은 잘 모르겠지만. 너는 정령이라고 말하지만 사역마에 가까워 보이는걸. 그렇다면 새로운 주인을 찾으면 돼. 네가 바란다면, 내가 너와 계약을 맺고서 널 사역마로 삼아 줄 수도 있어."

갑작스러운 제안에 루비아의 두 눈이 동그랗게 떠졌다.

"그건 여왕님을 완전히 배신하는 거잖아요……!"

"여왕이 루비아 님에게 무엇을 해 주었습니까?"

이성민의 질문에 루비아의 말문이 막혔다.

"루비아 님의 태도를 보면 여왕에게 그리 충성스러운 것 같지는 않은 것 같습니다. 루비아 님은 가진 처지 때문에 어쩔 수 없이 여왕을 따르고 있을 뿐, 여왕이 하고자 하는 일에는 조금도 공감하고 계시지 않잖습니까?"

루비아는 아무런 말도 하지 못하고 고개를 푹 숙였다. 그럴 수밖에 없었다.

루비아에게 있어서 정령의 여왕은 자애로운 어머니 따위는 아니었다.

애초에 루비아의 존재는 엔비루스가 위기에 처했을 때, 엔비루스 대신 죽을 역할로 만들어 붙여놓은 존재에 지나지 않았다.

"시간이 없습니다."

이성민이 재촉했다.

"아직 여왕의 본신이 강림하지 않았다지만, 그녀가 강림하고 나서 루비아 님은 행동의 자유를 잃게 됩니다."

"……알았어요."

고민 끝에 루비아는 힘없는 목소리로 답했다.

"하지만 이건 알아두세요. 제가 인공정령에서 사역마로 돌아간다면, 여왕님과의 연결이 끊어져요. 여왕님이 어디에 계시는지도 알 수 없게 된다는 말이에요."

"그렇다면 지금 미리 들어두죠. 그녀는 어디에 있습니까?"

"……아직 강림하지 못하셨어요. 공간의 틈을 떠돌고 계신 모양이에요."

"그렇다면 그대로 강림하지 못할 수도 있는 것 아닙니까?"

"그럴 가능성은 없어요. 불완전한 공간침식으로 뚫린 구멍이 너무 작아, 아직 들어오지 못하시는 것뿐이니까요. 워낙 영체(靈體)가 크신 분이라서요."

그 말에 이성민은 자그마한 구멍을 지나기 위해 낑낑거리는 정령의 여왕을 떠올렸다.

[실없는 놈.]

허주의 투덜거림은 무시했다.

루비아가 마음을 먹은 뒤에, 스칼렛은 곧바로 작업에 들어갔다. 정령의 여왕이 정령계를 떠나 공간 사이를 떠돌고 있다는 점이 이점으로 작용했다.

그 덕에 루비아와 정령의 여왕 사이의 영적 연결이 가늘어져 있었기 때문이었다.

그 덕분에 사역마의 계약은 일사천리로 이루어졌다. 인공정령인 루비아는 존재 자체가 정령보다는 사역마에 가까워서, 정령의 여왕과의 영적 연결을 끊은 뒤에 스칼렛과 새로운 계약을 맺는 것이 전부였다.

"이곳, 유즈키아 산맥을 포함해서 에리아에 있는 네 개의 스팟은 각각 사대 정령을 상징해요."

주저앉은 루비아가 입을 열었다.

"체네론 대호수에는 물의 정령, 다하르 유적지에는 땅의 정령, 페무드 화산에는 불꽃의 정령이 많죠."

“그곳에도 정령왕이 강림했을까요?”

“그건…… 잘 모르겠어요.”

“요정의 여왕은?”

“그분은 아마 잠자는 숲에 강림하시겠죠. 아직은 아니겠지만요.”

루비아는 그렇게 말하고서 입술을 삐죽 내밀었다.

“……그리고, 늦었지만. 구해줘서…… 감사해요.”

그 말에 이성민은 빙그레 웃었다.

“루비아 님과 싸울 일이 없게 되어서 다행입니다.”

“싸움도 안 되었을 텐데.”

루비아가 투덜거렸다. 이성민은 네블을 불러 체네론 대호수와 다하르 유적지, 페무드 화산에 대한 정보를 부탁했다. 그리고 네블이 답을 가져오기 전에 요정마를 소환했다.

“로이드 님을 보는 것은 오랜만인걸.”

일행이 요정마에 올랐다. 루비아는 좁은 자리에 끼어 타는 것보다는, 예전처럼 자그마한 빛의 구체로 변해 이성민의 품 안으로 들어가는 것을 선택했다. 스칼렛은 그것을 못마땅하다는 듯이 쳐다보았다.

“네 주인은 나인데, 왜 굳이 그 녀석 품 안으로 들어가는 거야?”

“어…… 그…… 익숙해서요. 저도 모르게 그만…….”

스칼렛의 지적에 루비아가 놀란 목소리로 대답했다. 스칼렛은 뚱하니 뺨을 부풀리면서도 더 이상 뭐라 말하지는 않았다.

오히려 그녀는 무덤덤해 보이는 백소고를 힐긋거렸다. 야나가 허주를 위하고 있다는 것을 알기에, 그녀에게는 시선도 주지 않았다.

"아무렇지도 않아?"

"뭐가 말인가요?"

"됐다, 됐어. 가만 보면 멀쩡한 여자는 꼭 나 혼자 같단 말이지. 아니면 이게 요즘 트랜드야?"

"무슨 말인지 잘 모르겠어요."

"아냐. 속 좁은 여자의 투덜거림이니까."

스칼렛은 그렇게 투덜거리면서 팔짱을 꼈다.

금색 마탑이 있는 곳은 루베스다. 위지호연과 재회의 약속을 나눈 장소.

루베스에 도착하자 이성민의 품 안에서 루비아가 자그마한 떨림을 발했다.

이전에 광천마와 이곳에 왔을 때가 떠오른 모양이었다. 기차를 처음 타며 신기해하던 광천마와 그 앞에서 으스대며 기차에 대해 알려주던 루비아. 그때의 기억은 이성민도 선명했다.

처음 루베스에 왔을 때만 하여도. 이성민은 부푼 기대를 안고 있었다. 위지호연과 아무 사건 없이 재회할 수 있을 것이라 생각했기 때문이었다.

과거의 일이었다. 루비아와는 다시 루베스에 오게 되었지만, 광천마는 곁에 없었다.

"로이드 님은 불쌍한 사람이야."

금색 마탑으로 향하는 길에, 스칼렛이 중얼거렸다.

"10년 전에, 마법사 길드장이 죽고서. 길드장의 유서가 공개되었지. 그곳에는 모든 유품을 금색 마탑주인 로이드에게 양도하고, 로이드를 차기 마법사 길드장으로 임명하겠다는 내용이 담겨 있었어."

"……하지만 로이드 님은 아직까지 금색 마탑주를 지내고 계시지 않습니까?"

"그래서 불쌍하다는 거야."

스칼렛이 한숨을 내쉬며 말했다.

"원로회의 개 같은 꼰대들은 배분이 까마득하게 낮은 로이드 님을 마법사 길드장으로 내세우는 것에 결사적으로 반대했지. 마법사 길드장을 맡기에는 나이도, 경험도, 마법 실력도 낮고 연구 실적이 적다는 것이 그 이유였어. 사실 아주 틀린 말은 아니었지. 로이드 님은 다른 마법사들과는 다르게 추구하는 비원도 명확하게 없었고, 그에 관한 연구도 거의 하지 않는 분이셨거든."

그런 이야기는 알지 못했다.

"로이드 님도 크게 반발하지는 않았어. 싫다면 어쩔 수 없다. 그렇게 말하고서 금색 마탑주 자리에 만족하기로 하셨지."

"그럼 지금의 마법사 길드장은 누구입니까?"

"원로들은 현역 마탑주 중에서 가장 배분이 높은 녹색 마탑주를 길드장으로 내세우려 했지. 하지만 녹색 마탑주가 거절했어. 그 늙은이도 보기와는 다르게 제법 정상인이거든. 결국 지금 마법사 길드장은 공석이야. 10년 동안 말이지."

스칼렛이 눈썹을 찡그리며 투덜거렸다.

"원로들이 공동으로 마법사 길드장 자리를 대신하고 있지만, 제 탐욕만 채우는 놈들이 꼭대기에 있어서 뭐가 나아지겠어? 나도 그쯤 되니 오만 정이 다 떨어져서 마법사 길드를 나왔지. 로이드 님은 아직 마법사 길드에 붙어 있는 모양이지만."

그런데, 로이드 님을 왜 만날 생각인 거야?

스칼렛이 머리를 갸웃거리며 물었다.

"확인해 봐야 할 일이 있습니다."

아벨은 죽었다.

아벨은 로이드를 데리고 다녔음에도, 김종현과의 싸움에서 로이드를 데리고 오지는 않았다.

아벨은 쓸모가 없어서 두고 온 것이라고 하였지만, 이성민은 마냥 그렇게 생각하지는 않았다.

그리고 얼마 되지 않던 확신은 방금 스칼렛의 말로 확신이 되었다.

아벨은 자신의 모든 유품을 로이드에게 주었다.

아마, 그리에스도.

금색 마탑의 앞에 서서, 이성민은 문을 두드리려 했다. 하지만 그 전에 문이 열렸다. 이성민은 놀란 눈으로 안쪽을 보았다.

"딱 맞았군."

문 너머에는 로이드가 서 있었다. 그는 금색의 로브를 입고서 조금 늙은 얼굴로 이성민을 보고 있었다.

"알고 계셨습니까?"

"그리에스를 쓴 것은 아닐세. 마탑 주변에 깔아 놓은 관측안으로 확인한 것뿐이지."

그 말은, 아벨이 남긴 그리에스를 로이드가 가지고 있다는 말이기도 했다.

"언제쯤 찾아올까 싶었네."

이성민은 무언가를 깨달았다. 이곳, 금색 마탑 안에는 로이드를 제외하고서 아무도 없었다.

"다른 사람들은……?"

"돌려보냈네. 더 이상 금색 마탑은 마탑이 아니게 될 테니까. 다들 불만이 많았지만, 강경하게 말하니 이해를 해 주더군. 내가 만약 죽지 않고 목숨을 부지한다면, 그들을 다시 거둘 생각일세."

목숨을 부지한다면.

"10년은 길었네."

로이드가 무덤덤한 목소리로 말했다.

"나는 아는 것이 적었고, 내가 모르는 것들은 아벨 님이 남긴 유서에 적혀 있었지. 모르는 내용은 그리에스를 통해 보았네. 제법 많은 수명을 바치기는 했지만."

로이드의 두 눈이 이성민에게 향했다. 그는 이성민의 품 안에 있는 루비아를 향해 쓰게 웃었다.

"그리에스는 모든 것을 엿볼 수 있지. 미래의 일은 거의 보지 못하지만, 현재와 과거는 거의 모든 것을 볼 수가 있어."

"……무엇을 보신 겁니까?"

"내가 모르는 것들. 내 스승님이 어찌 죽었고, 아벨 님이 어찌 죽었는지. 자네가 무엇인지. 무슨 일이 있었는지."

그 대가로 많은 수명을 바쳤지만, 로이드는 그것이 아깝다고 여기지는 않았다.

"자네는 무엇을 묻기 위해 왔나?"

"……지금 이 세상에 무슨 일이 일어나는가에 대해서입니다."

"그리에스가 대답해 줄 수 있을 것 같군."

로이드가 희미하게 웃었다.

로이드는 일행을 응접실로 안내했다. 마탑은 텅 비었어도 응접실은 먼지 한 점 없이 깨끗했다. 미리 준비해 둔 것인지 인원수에 맞는 찻잔이 마련되어 있었다.

“정령의 여왕이 강림하기까지는 아직 시간이 남아 있네.”

로이드가 의자에 앉으며 말했다.

“그녀의 영체는 공간의 틈을 떠돌며 출구를 찾고 있지. 안타깝게도 지금 선에서 우리가 그녀를 어찌할 방법은 없네.”

“그리에스의 마법으로도 말입니까?”

“그리에스라고 해서 만능의 마도서인 것은 아닐세. 안 되는 것은 안 되는 법이지.”

로이드는 로브의 안쪽에서 낡은 겉표지의 마도서, 그리에스를 꺼냈다.

“정령의 여왕이 강림하는 것은 기정사실일세. 정확한 때를 아는 것은 무리이지만, 머지않은 때에 잠자는 숲에 그녀가 강림하겠지.”

“……10년 전에, 아벨 님은 정령계와 이 세상을 연결하는 것으로 종언의 운명을 바꾸고자 하였습니다. 방식은 달라도, 정령계가 이 세상을 침식하여 운명이 바뀌지는 않았습니까?”

“바뀌지 않았네.”

로이드는 한숨을 내쉬며 말했다.

“완전한 연결도 아닌 데다, 이것은 강제적인 침식이자 침략이야. 이 정도의 현상으로는 이 세상이 가지고 있는 종언의 운명이 바뀌지 않아."

그것에 이성민은 조금은 실망할 수밖에 없었다. 어쩌면, 만에 하나라는 우연을 바라였는데.

아무래도 이 세상의 운명은 그렇게 쉽사리 탈출할 수 있는 것이 아닌 모양이었다.

"다른 정령왕들은 어떻게 되었습니까?"

로이드는 그리에스에 손을 올렸다. 그는 주저하지 않고서 그리에스에 자신의 마력을 불어넣었다.

"……물과 대지의 정령왕은 아직 강림하지 않았군. 하지만 조만간일세. 거리를 생각한다면 지금 당장 이동해서 그들이 강림한 즉시 공격해 역소환시키는 것이 최선일 걸세."

"불꽃의 정령왕은?"

"……불꽃의 정령왕은……."

로이드가 두 눈을 감았다. 그리에스를 통해서 불꽃의 정령왕의 존재를 파악하기 위해서였다.

그것은 크게 어려운 일은 아니었다. 이 세상에 존재하지 않는, 존재해서는 안 될 존재를 추적하는 것이니까.

잠깐 동안 정신을 집중하고 있던 로이드의 눈썹이 움찔 떨렸다.

"……소멸?"

로이드가 당황한 목소리를 냈다. 그 말에 이성민의 품 안에 있던 루비아가 놀라서 튀어나왔다.

"네? 소멸이라고요?"

"잘못 느낀 것이 아니라면…… 틀림없네. 불꽃의 정령왕이 강림한 흔적은 있는데, 그것이 깨끗하게 사라져 버렸어."

"역소환당한 것이 아니라요?"

"아닙니다. 바람의 정령왕이 역소환당했을 때와 느껴지는 것이 다릅니다. 이건…… 완전한 소멸입니다."

"말도 안 돼…… 그런 일이 일어날 수 있을 리가……."

루비아가 믿을 수 없다는 듯이 중얼거렸다. 정령의 여왕은 몰라도, 사대 정령을 다스리는 정령왕들이 초월자인 것은 아니다.

하지만 그들은 초월자와 마찬가지로 죽음에서 멀리 있는 존재들이었다. 특히 정령계가 아닌 곳이라면 정령왕이나 다른 정령을 소멸시키는 것은 불가능에 가까운 일이다.

"정령은 치명적인 타격을 입으면 정령계로 돌아가게 돼요. 그건…… 무조건인데……."

"위지호연입니까?"

이성민은 잠깐 침묵한 뒤에 물었다. 불가능한 일을 가능하게 만드는 것. 지금 상황에서 이성민이 떠올릴 수 있는 것은 위지호연뿐이었다.

"아닐세."

어느 정도의 확신을 갖고 질문한 것이었는데, 로이드는 질문한 쪽이 무안하게 여겨질 정도로 단번에 부인했다. 로이드는 그리에스를 어루만지며 눈썹을 찡그렸다.

"위지호연…… 그녀의 존재는 그리에스로도 느낄 수가 없군. 어떠한 가호가 그녀를 몇 겹으로 둘러싸서 보호하고 있어."

마령.

"어쩌면 그녀는 이미 이 세상에 있을지도 모르지. 어쩌면 정령의 여왕과 마찬가지로 공간의 틈을 떠돌고 있을지도 모르고."

"감지할 수 없다면…… 불꽃의 정령왕을 쓰러뜨린 것이 위지호연일지도 모르는 것 아닙니까?"

"그건 아닐세. 쓰러뜨린 것이 누구인지는 느꼈으니까."

믿을 수가 없군. 로이드가 작은 목소리로 중얼거렸다.

"……자네와 처음 만났을 때. 나는 긴 세월 전전대 흑색 마탑주, 프레스칸을 쫓던 도중 그가 똬리를 틀었던 던전을 발견하는 것에 성공했지. 나는 그곳에서 프레스칸을 죽일 수 있으리라고 확신했지만……."

설마. 이성민은 로이드가 말한 '그녀'가 누구인지를 깨달았다.

"키메라……."

"자네도 알고 있는가? 그렇다면 설명이 빠르겠군. 그래, 프레스칸이 만들었던 그 키메라가 불꽃의 정령왕을 쓰러뜨렸네."

이성민은 등골이 오싹해지는 것을 느꼈다.

아이네.

이성민은 오랜만에 그녀의 이름을 떠올렸다.

아이네와는 여태까지 몇 번이나 충돌을 겪어왔고, 그때마다 이성민은 아이네를 죽일 기회를 갖지 못했다.

그리고 마지막으로 보았던 것은 사마련주와 함께 제니엘라를 만나러 갔을 때였다. 이성민은 수십 개의 송곳에 꿰뚫려 있던 아이네의 모습을 떠올리며 꿀꺽 침을 삼켰다.

"……지금 그녀는 어디에 있습니까?"

"그녀를 쫓을 셈인가?"

"죽일 수 있을 때 죽여 놓아야 합니다. 아이네가 가진 가능성은 위험해요."

"그리 추천해 주고 싶지는 않군."

로이드가 눈썹을 찡그리며 말했다.

"그녀의 곁에는 뱀파이어 퀸이 있네. 퀸뿐만이 아니군. 제법 많은 뱀파이어들이 있어. 그럼에도 갈 텐가?"

로이드의 말에 이성민의 말문이 막혔다.

"되네?"

제미니가 조금 놀란 표정을 지으며 탄성을 외쳤다. 제니엘라는 팔짱을 끼고 서서 빙그레 웃고 있었고, 그런 제니엘라의 뒤에 쌍둥이 형제인 첸과 쿤이 고개를 숙이고 서 있었다.

"오, 오오…… 오오오……."

뱀파이어들과 조금 떨어진 곳에서. 로브를 뒤집어쓴 프레스칸이 주저앉아 몸을 떨고 있었다.

그를 떨리게 하는 것은 전율적인 희열이었다. 그는 조금 전에 자신이 본 것을 믿을 수가 없었다.

사대 정령왕 중 하나.

그 중 특히나 난폭하고 강하다는 불꽃의 정령왕이, 조금 전에 쓰러졌다. 역소환 당한 것도 아니고 소멸한 것도 아니었다.

잡아 먹혔다.

그렇게밖에 말할 수가 없었다. 프레스칸은 자신이 만든 피조물이 해낸 경이적인 일을 떠올리며 뛰지 않는 심장이 터질 듯이 뛰는 것을 느꼈다.

만약 리치가 조금 더 감정 표현에 익숙한 언데드였더라면, 프레스칸은 눈물을 뚝뚝 흘리고 안면근육을 모조리 사용하며 이 세상에서 가장 행복한 미소를 지을 자신이 있었다.

"어떻게 저런 또라이가 저런 키메라를 만들 수 있었던 거야?"

제미니가 삐딱한 표정을 지으며 제니엘라에게 소곤거렸다. 그 말에 제니엘라는 피식 웃으며 답했다.

"우연이지."

그렇게밖에 말할 수가 없었다. 흑마법사로서의 역량을 따지자면 프레스칸은 아크리치였던 아르베스와 비교가 안 된다.

물론 정통했던 마법의 분야가 다르다고는 하지만. 아이네에 감탄했던 아르베스가 프레스칸을 닦달하여 똑같은 방법으로 아이네와 같은 키메라를 만드는 것을 시도해 본 적이 있었으나, 아르베스는 성공하지 못했다.

그러니까 우연이라는 것이다. 분명 똑같은 과정을 거쳐서 만들어냈는데, 아이네와 같은 키메라를 다시 만드는 것은 불가능했다.

"우연……."

제미니는 작은 목소리로 중얼거리며 분화구의 한가운데에 서 있는 아이네를 보았다.

조금 전에, 아이네는 저곳에서 불꽃의 정령왕을 쓰러뜨렸다. 보는 것만으로도 눈이 익어버릴 것만 같은 용암을 휘두르는 불꽃의 정령왕을.

아무리 강림한 직전에 싸움을 걸었고, 다른 불꽃의 정령의 도움을 받지 못했다지만. 이곳 페무드 화산은 쉼 없이 용암이 끓는 곳으로, 불꽃의 정령왕이 전력을 발휘하기에 부족함이 없는 장소였다.

압도하지는 못했다.

하지만 끝까지 살아남아, 불꽃의 정령왕을 잡아먹은 것은 아이네였다.

그녀는 분화구의 한가운데에서 부글거리며 끓는 배를 감싸 쥐고 있었다. 10년이라는 시간이 지났음에도 그녀는 거의 성장하지 않았다.

여전히 그녀는 어린 소녀의 모습이었다. 마음만 먹으면 성장할 수도 있겠지만, 아이네는 지금 자신의 모습에 별다른 불만을 느끼고 있지 않아 성장을 거부했다.

"너무 퍼주는 것 아니야?"

제미니가 제니엘라에게 소곤댔다.

"불꽃의 정령왕을 잡아먹었잖아. 앞으로 저 키메라는 정령왕의 불꽃을 마음대로 사용할 거야. 감당할 수 있겠어?"

"고작 저 정도로 감당할 수 있겠냐고 묻는 거야?"

제니엘라는 은근히 물어오는 제미니를 상대로 비웃음을 흘렸다.

"그리고, 제미니. 나는 저 키메라가 내가 절대로 감당할 수 없는 수준까지 강해지는 것을 바라는 거야. 10년 동안 꽤 공을 들이기는 했지만, 만족스러운 식사 거리를 찾을 수는 없었지. 하지만 이제는 먹을 것들이 꽤 많아졌잖아."

제니엘라는 그렇게 말하면서 손가락을 들어 아이네를 가리켰다.

"그래도 아직은 부족하네. 어디 만족스레 내놓을 수는 없겠어."

"그럼, 다른 정령왕도?"

"그건 힘들 것 같은데."

현실적인 이유 때문이었다. 이곳, 페무드 화산에서 다른 스팟까지 가기 위해서는 상당한 시간이 필요할 것이다.

제니엘라와 그 혈족들이 아무리 강하고 뛰어나다고 해도, 거리만큼은 어찌할 수가 없었다.

"강림의 때도 맞추지 못할 것이고, 아마 우리가 도착할 때쯤에는 토벌될 거야. 그쪽에는 요정마가 있으니까."

제니엘라가 의식하고 있는 것은 이성민이었다. 공간을 뛰어넘는 요정마와 속도로 경쟁할 수는 없다. 문제는 그것만이 아니었다.

"지금이 마지막이지?"

"응."

제미니의 질문에, 제니엘라가 살짝 머리를 끄덕거렸다. 제니엘라는 10년 전에 미래안을 잃었다.

미래안을 잃기 전에 제니엘라가 보았던 미래는 여기가 마지막이다. 설원에서 묵섬광 백소고를 줍는 것.

그리고, 페무드 화산에서 불꽃의 정령왕이 강림하는 것. 더 이상 제니엘라는 미래를 볼 수가 없었지만, 이것만큼은 확실했다.

"여태까지는 내가 바라던 대로 되었어."

보았던 미래의 끝.

학살포식이 출현하는 미래가 닫혀버렸다고는 해도. 제니엘라는 절망하지 않았다.

지금까지는 제니엘라가 보았던, 그리고 바라던 대로 되었다. 마지막이 조금 바뀌었을 뿐이다.

그리고 제니엘라는 이렇게 바뀌어버린 미래가 오히려 마음에 들었다. 누구인지도 모르는 학살포식이 강림하는 것보다, 이렇게…… 자기 자신의 손으로 학살포식을 만든다는 점.

그것이 몸서리 처질 정도로 즐거웠다. 수백 년 동안 최북단인 트라비아에 틀어박혔기에 더더욱, 제니엘라는 지금의 현실에 즐거움을 느끼고 있었다.

"……후우!"

아이네가 분화구에서 걸어 나왔다. 불꽃의 정령왕을 포식한 그녀는, 정령왕에게 싸움을 걸기 전과는 비교도 할 수 없을 미증유의 힘을 몸 안에 품고 있었다.

프레스칸은 감격하여 아이네에게 다가갔다. 제니엘라는 그런 둘을 보면서 몸을 돌렸다.

"가자."

"어디로 가? 트라비아로 돌아갈 거야?"

"아니."

제니엘라가 빙그레 웃으며 말했다.

퀸.

제니엘라와 함께 있다는 것에, 이성민은 아이네를 치러 가는 것을 포기할 수밖에 없었다. 제니엘라 혼자 있는 것도 아니다.

그녀와 혈족들이 모두 있는 상황이라면, 지금 이성민이 가지고 있는 전력으로 싸움을 거는 것은 자살행위다.

요정의 숲에 있는 모두를 데리고 온다고 해도 승리를 장담할 수가 없다.

'주원과 라이칸슬로프들은 없는 모양이지만.'

그래도 안 된다. 아니, 오히려 이것은 다른 의미에서 기회라고 할 수 있다.

이성민은 찻잔을 어루만지며 생각에 잠겼다.

제니엘라와 뱀파이어들, 아이네는 페무드 화산에 있다. 그곳은 북쪽 트라비아와는 그렇게 먼 거리는 아니다.

즉, 고립되어 있는 제니엘라의 수족을 잘라내기에는 지금이 제격이라는 뜻이었다.

'혈마.'

이성민은 만나 본 적 없는 혈마를 떠올렸다. 제니엘라가 내보내어 혈맹을 다스리게 하고 있는 두 번째 혈족.

'네로.'

체페드를 다스리고 있는 주원의 심복.

누구를 먼저 쳐야 할까.

이성민은 고민에 빠졌다. 퀸의 위치가 확실하게 특정되어 있는 것은 확실한 기회였다.

언젠가 퀸과 맞서 싸워야 할 것은 어쩔 수 없는 사실이었고, 승리 가능성을 조금이라도 높이기 위해서는 그럴만한 행동들을 취해야만 한다.

네로와 혈마.

그중 이성민의 마음은 혈마 쪽으로 기울었다. 체페드와 페무드 화산 사이의 거리가 그리 멀지 않다는 것이 이성민의 마음을 기울이는 것에 크게 한몫했다.

사실 체페드에서 네로를 쓰러뜨리는 것은 그리 어려운 일이 아니다. 네로가 주원의 심복으로서 강력한 힘을 가진 라이칸슬로프라고는 해도, 이성민의 상대는 못 된다.

게다가 지금의 이성민은 혼자도 아니었다. 그를 돕는 이로는 구미호인 야나와 묵섬광 백소고, 창왕, 흑룡협, 적색현자 스칼렛이 있다.

그리고 교회의 성인인 테레사까지. 전투능력이 거의 없는 테레사라고는 해도, 그녀의 강력한 신성력은 주원의 독조차 정화해내고 언데드뿐만이 아니라 대부분의 인외에게 있어서 치명적이다.

"저를 도와주실 겁니까?"

이성민은 로이드를 보며 물었다. 지금까지를 보면 로이드는 이성민에게 호의적이었다.

지금도 그리에스에 수명을 바치는 것을 주저하지 않고서 이 세상에 무슨 일들이 벌어졌는지 알려주었다.

"당연한 것을 묻는군."

로이드가 피식 웃었다.

"종언을 바라지 않는 것은 나도 마찬가지일세. 그리고…… 따지고 보면 '지금'의 종언은 내 스승님과 스승님을 죽인 아벨님에 의해 비롯된 것 아닌가. 제자 된 자로서, 또, 그분들과 인연을 맺은 자로서 최소한의 책임은 지고 싶네."

전력이 더해졌다. 금색 마탑주이자 그리에스의 주인. 로이드는 마법사로서도 손에 꼽히는 실력자다. 이성민은 잠시 생각한 뒤에 로이드에게 질문했다.

"혹시, 라이칸슬로프 두령인 주원의 위치를 알고 계십니까?"

"그리에스가 포착하는 것은 '사건'일세. 이 세상에 일어나는 굵직한 사건들을 그리에스가 포착하여 그 안에 기록되는 것이지. 정령왕의 강림과 소멸은 그리에스가 포착이 가능한 사건이었으니 무슨 일이 있었는지 볼 수 있었지만, 주원의 경우에는 아닐세."

"그가 아무 일도 하지 않고 있다는 말입니까?"

"지금의 세상에 라이칸슬로프 두령이 어떠한 사건을 일으켰다는 소문이 돈 적은 없지 않나. 아, 물론 그리에스가 소문만을 포착하는 것은 아니지. 은밀하게 벌어진 사건들도 포착하니까. 하지만…… 주원에 관해서는 이야기가 없네. 주원에 대한 마지막 기록은 1년 전에 체페드에서 묵섬광 백소고를 패퇴시켰다는 것뿐이야."

그 말에 이성민은 조금 아쉬움을 느꼈다. 만약 주원의 위치까지 알아낼 수 있다면, 네로와 혈마 중 누구를 먼저 칠지에 대해 고민할 필요는 없었을 것이다.

혼자 있는 주원을 죽이면 되는 일이니까.

하지만 주원의 위치를 알 수가 없다.

[혈마를 죽이는 것이 무슨 의미인지는 알고 있느냐?]

고민하는 이성민의 머릿속에서 허주가 물었다.

[혈마는 제니엘라의 혈족이다. 놈을 죽인다면, 놈이 이룩한 뱀파이어로서의 힘이 제니엘라에게 되돌아갈 것이다.]

'좆같군.'

[뱀파이어는 그런 식으로 힘을 축적하지. 하지만 아예 방법이 없는 것은 아니다.]

허주가 히죽 웃으며 말을 이었다.

[네가 할 수 있는 가장 쉬운, 그러면서도 네게 가장 도움이 되는 방법으로는…… 포식이 있지.]

'포식?'

[말 그대로다. 네가 혈마라는 놈을 잡아먹으면 되는 것이야.]

대수롭지 않다는 듯이 하는 말이었지만 이성민의 표정은 딱딱하게 굳었다.

[그냥 죽여버린다면 놈의 힘은 제니엘라에게 되돌아가게 되겠지만, 네가 혈마를 포식한다면 이야기는 달라진다. 정신머리야 인간으로 남아 있다고 해도 네 몸은 완전한 요괴의 몸이다. 그것만으로도 포식의 조건은 완성되는데, 너에게는 검은 심장도 있지.]

허주가 무슨 말을 하는 것인지 이해하지 못하는 것은 아니었다. 오히려 이성민은 허주의 말이 무슨 뜻인지 너무 잘 알고 있었다. 이전에도 딱 한 번. 경험이 있었다.

[그때와 지금은 상황도 다르지. 지금의 네 몸은 완전한 요괴가 되었으니 포식한다고 해서 요괴로 각성하거나 인격이 사라질 걱정도 없다. 피를 마시고 살을 씹는 것이 꺼림칙하다면 오슬라에게 부탁하면 되는 일 아닌가?]

'그건 그렇지. 하지만…… 뱀파이어를 포식한다는 것은 조금 꺼림칙한데.'

[뱀파이어를 먹는다고 해서 네가 뱀파이어가 되는 것은 아

니니 걱정하지 마라. 그리고, 너는 뱀파이어와의 싸움에서 큰 이점을 갖는다. 그게 뭔지 아느냐?]

'뭐지?'

[절대로 뱀파이어가 되지 않는다는 것이지.]

허주가 큭큭 웃었다.

[뱀파이어에게 감염되어 변이하는 것은 인간뿐이다. 요괴는 뱀파이어에게 물리고, 뱀파이어의 피를 마신다고 해서 뱀파이어가 되지는 않아.]

그것이 뱀파이어와의 싸움이 어려운 이유였다. 아무리 인간 쪽이 뱀파이어보다 강하다고 해도, 조금이라도 방심한 순간에 뱀파이어에게 감염되어 버린다면 승패는 뒤집힌다.

'사저를 데려갈 수는 없어.'

스칼렛도 마찬가지다. 불안은 최대한 떨쳐내는 편이 좋았다. 마침 백소고와 스칼렛이 곁에 있었다.

"괜찮겠어?"

이성민의 이야기를 듣고서 스칼렛이 눈썹을 찡그리며 물었다.

"나도 뱀파이어가 되고 싶지는 않아. 그러니 굳이 도우러 가고 싶지도 않고. 그래도…… 괜찮은 거야?"

"혈맹에 얼마나 많은 뱀파이어가 있는지는 알 수 없어, 사제. 너무 무모한 것 아닐까?"

"무모하다는 생각은 안 합니다."

이성민은 머리를 흔들었다. 오히려 전력은 차고 넘친다. 제니엘라를 비롯한 최상위 뱀파이어들은 그녀와 함께 행동하고 있다.

네로는 체페드에 있고 주원의 행방이 묘연하다는 것이 작은 불안이 되기는 했지만, 주원이 혈맹에 있다면 오히려 잘된 일이다.

이번 기회에 혈마와 주원을 죽인다면, 제니엘라의 전력을 반 토막까지는 아니어도 상당 부분 줄일 수 있을 것이다.

"흑룡협과 야나 님이 도와주실 것이고, 저도 약하지는 않습니다."

"네가 바람의 정령왕을 패버리는 것을 아까 봤는데. 당연히 약하다는 생각은 안 하지."

스칼렛이 투덜거렸다.

"……하지만 나는, 돕고 싶어."

백소고가 입을 열었다.

"만에 하나…… 만에 하나라도, 위험할 수도 있는 것이잖아."

"위험하면 도망치겠습니다."

이성민은 거리낌 없이 말했다.

"그러니, 사저. 저를 믿어 주십시오."

그렇게까지 말하니 백소고는 더 이상 매달리지 않았다. 씁쓸한 눈으로 이성민을 보던 백소고가 천천히 머리를 끄덕거렸다.

우선 이곳을 떠나는 것이 먼저였다. 이성민은 요정마를 소환했다. 오늘은 요정의 숲에서 하루를 보내고, 내일이 되면 혈맹으로 쳐들어갈 생각이었다.

요정마의 횟수 때문이기도 했지만, 얼마 지나지 않아서 해가 저물 것이다.

"나눠서 가야 하는 것 아니야?"

일행은 여섯이었다. 루비아가 빛의 구체가 되어 이성민의 품 안에 들어가 있기는 했지만, 남자 둘에 여자 셋. 요정마가 크기는 했지만 다섯이 매달려 타기에는 작았다. 잠시 고민하던 스칼렛이 묘안을 냈다.

"네가 품 안에 한 명을 안는 것은 어때?"

"예?"

"아니면 목마를 태우던가."

어느 쪽이든 내키지는 않았다. 그러던 중에 야나가 슬며시 앞으로 나섰다.

아홉 개의 꼬리가 야나의 몸을 감쌌다. 금색 빛이 반짝였다. 빛이 사라졌을 때, 그곳에는 품 안에 쏙 들어올 크기의 금색 털을 가진 여우가 네 발로 서 있었다.

"……야나 님……?"

[이러면 한 번에 갈 수 있겠지요?]

야나가 머리를 세우며 물었다. 주둥이를 벌리지는 않았지만 야나의 목소리는 모두에게 들렸다.

스칼렛은 그런 야나의 모습을 보며 꿀꺽 침을 삼켰다. 대부분의 경우에 침착하던 백소고조차도 지금의 야나를 보며 몸을 떨었다.

"귀여워……."

[만지지 마십시오.]

야나가 싸늘한 목소리로 경고했다. 그녀는 폴짝 뛰어 이성민의 어깨에 올라탔다.

이성민은 혹시 야나가 떨어지지 않을까 걱정하여, 양손으로 조심스럽게 들어 품 안에 안았다.

야나는 이성민의 품 안에서 몸을 살짝 비틀어 자세를 바꾸었다. 이성민은 자신을 올려보는 야나의 금색 눈을 내려 보았다.

이 탐스러운 털을 헤집고 싶다는 추동이 일어났으나, 야나에게 경멸을 받을 것 같아 하지는 않았다.

품 안에 루비아와 야나를 안고서, 로이드와 스칼렛, 백소고와 함께 요정마를 타고 숲으로 돌아갔다.

"너, 친구가 참 많구나."

가부좌를 틀고 명상을 하고 있던 창왕이 어이가 없다는 표정을 지으며 중얼거렸다.

그 말에 이성민은 쓰게 웃을 수밖에 없었다. 사실 많은 인연을 맺은 것은 아니었다. 워낙에 바쁘게 살았고, 깊게 맺은 인연은 적었다.

하지만 지금 와서 보면, 이성민의 인맥은 대단했다. 야나는 어르무리를 지배하는, 요괴 중에서 최강으로 꼽히는 구미호다.

스칼렛과 로이드는 마법 쪽에서는 손에 꼽히는 대마법사였고, 백소고와 흑룡협, 창왕은 초월지경의 고수로서 무공의 끄트머리에 서 있는 인물들이었다.

전투능력이 없다지만 테레사 역시 신성마법 쪽에서는 정점에 선 존재다.

너무 잘 맞아 떨어진다.

이렇게까지 상황이 좋으니 더 불안하다. 생각해 보면, 여태까지의 이성민은…… 거의 혼자였다.

허주가 있기는 했지만, 어디까지나 허주는 이성민의 머릿속에서 정신의 버팀목이 되어 주는 것이 대부분이었다. 하지만 이번에는 아니다. 이성민의 곁에는 그와 비슷할 수준의 고수들이 모여 있다.

종언을 막는 목적으로.

이성민에게 있어서 만남은 머지않아 이별이 되었다.

광천마도, 사마련주도, 아벨도.

이성민을 돕기 위해 함께 행동했던 이들은 죽었고, 그들의 죽음은 이성민을 절망시키기보다는 성숙시켰다.

그래서 불안이 사라지지 않는다. 어쩌면 이 모든 것이 운명의 농간이라면? 종언이라는 것이 절대로 극복할 수 없는 것이라면?

결국 이 모든 것이 무의미한 발악에 지나지 않고서, 모두가 죽게 된다면?

'나는 내가 가진 운명에서 탈출했다.'

하지만 세상의 운명은 그대로다. 그 거대한 운명의 흐름 안에 속해 있는 이상, 이성민은 운명에서 탈출하되 탈출한 것이 아니었다.

이성민은 굳은 뺨을 어루만졌다. 그러면서 불안을 떨치기 위해 노력했다.

요정의 숲에서 하루를 지내는 동안, 이성민은 앞으로 무엇을 해야 할지 생각을 정리했다.

정령의 여왕은 아직 잠자는 숲에 강림하지 않았다. 루비아가 사역마가 되어 정령의 여왕과 연결이 끊어지기는 했지만, 로이드가 일행에 합류한 덕에 그리에스로 사건을 포착할 수 있게 되었다.

정령의 여왕이 강림할 정도의 사건이라면 틀림없이 그리에스를 통해 알 수 있을 테고, 그 상황이 된다면 잠자는 숲으로 향하면 된다.

문제는 아직 강림하지 않은 땅과 물의 정령왕이다. 바람의 정령왕은 이성민이 역소환시켰고, 불꽃의 정령왕은 소멸했다. 하지만 아직 땅과 물의 정령왕은 강림조차 하지 않았다.

"정령왕들은 강림하고서 시간이 흐를수록 강해질 거예요. 그들이 강림하는 스팟은 그들에게 특화되어 있는 장소고, 강림한 순간부터 에리아에 존재하는 모든 정령이 그곳으로 향하게 될 테니까요."

루비아가 조언했다. 시간이 흐를수록 불리해진다. 이성민은 비교적 쉽게 바람의 정령왕을 역소환시키는 것에 성공했지만, 그렇다고 바람의 정령왕이 약했던 것은 아니었다.

그의 바람은 초절정 고수 수백은 우습게 썰어버릴 만큼 강력했고 초월지경을 압도할 정도였다.

강림한 직전에도 그만한 힘을 가진 정령왕들은, 시간이 지날수록 더욱 강해진다.

몸이 여럿이면 좋을 텐데.

그런 생각을 하고 있을 때, 이야기를 듣고 있던 창왕이 입을 열었다.

"사람도 많은데. 나눠서 가면 되는 것 아니냐?"

"……예?"

"너 혼자 머리 싸매고 끙끙댈 거면, 왜 우리를 이곳에 한데 모은 것이냐? 네가 못 하는 일, 하기 힘든 일을 도와달라고 모은 것 아니었냐?"

창왕은 그렇게 투덜거리면서 머리를 좌우로 꺾었다.

"흑룡협이랑 구미호가 너와 함께 혈맹으로 간다고 했지? 그렇다면 나는 땅의 정령왕에게 가도록 하마. 물이랑 싸우는 것보다는 땅과 싸우는 것이 낫겠지."

창왕이 껄껄거리며 웃었다.

"나도 함께 가도록 하겠네."

"이 새끼, 몇 살이나 먹었길래 하대야?"

로이드가 근엄한 표정으로 말하자, 창왕이 대뜸 그렇게 쏘아붙였다. 설마 이런 지적을 들을 것이라고는 상상하지 못했던 로이드가 얼떨떨한 표정을 지으며 창왕을 보았다.

"……먹을 만큼은 먹었네만……?"

"야, 내 나이가 올해 200이 조금 넘는다. 나보다 많아?"

"……형님이라 부르겠습니다."

어울리지 않게 창왕은 조금 꼰대스러운 기질이 있었다.

"그럼 나는 백소고와 함께 물의 정령왕 쪽으로 가볼게. 만약 못 잡겠다 싶으면 도망칠 거니까, 그렇게 알아둬."

육포를 질겅거리며 씹던 스칼렛이 말했다. 그쯤 되니 이성민은 당황할 수밖에 없었다.

이 모든 것이 운명의 농간일지도 모른다는 불안감을 억지로 떨군 지 얼마 되지도 않았는데, 다들 나서서 위험한 길로 가려 하고 있는 것이다.

"창왕 어르신의 말이 맞아."

백소고가 입을 열었다.

"사제가 모든 것을 다 할 필요는 없어. 우리 역시 종언을 막기 위해서 사제와 함께하기로 한 것이니까. 어떤 식으로든 돕고 싶은 거야."

"하지만…… 위험할 수도 있……."

"사제도 위험할 수도 있는 곳에 가고 있잖아."

백소고가 희미하게 웃었다.

"아까 전에, 사제가 말했었지? 믿어 달라고. 나도 똑같아. 나를…… 아니, 우리를 믿어줘."

답할 말이 없었다. 백소고의 두 눈은 진실했고 간절했다. 그 시선을 받으며, 이성민은 머리를 끄덕거릴 수밖에 없었다.

"……알겠습니다. 부탁드립니다."

"왜 쓸데없이 무게를 잡느냐. 그냥 놀러 가는 것인데."

창왕이 크게 하품을 했다.

6장
혈맹(1)

이성민이 가보았던 장소 중에서, 체네론 대호수와 가장 가까운 곳은 베헨게르였다. 이성민이 므쉬의 산에서 내려와 잠깐이나마 용병 일을 하던 도시다.

다하르 유적지와 가까운 곳은 소림이 있던 브레덴. 체네론 대호수와는 다르게 다하르 유적지는 관광지로서도 각광 받는다. 만약 그곳에 대지의 정령왕이 강림하고, 악의에 찬 행동을 감행한다면 대학살이 일어날지도 모른다.

그렇기 때문에 이성민은 즉시 요정마를 타고서 창왕과 로이드를 브레덴으로 데리고 가기로 했다.

그러고는 브레덴에서 하루를 보낸 뒤에, 요정마를 타고서 요정의 숲으로 돌아올 생각이었다.

[이번이 네 번째지?]

'무리하고 싶지는 않아.'

다섯 번까지는 어떻게 되지 않을까…… 싶었지만.

브레덴에 도착하고, 참지 못하고 먹은 것을 게워낸 뒤에는 무리해서라도 한 번 더 요정마를 타고 숲으로 돌아가겠다는 생각은 깨끗하게 사라졌다.

"그럼, 다음에 보지."

창왕은 손목에 차고 있는 팔찌가 영 거북한 모양이었다. 창왕과 로이드가 대지의 정령왕을 쓰러뜨리는 것에 성공한다고 해도, 한참을 떨어져 있는 이성민 일행이 승전보를 알기는 힘들다.

그렇기 때문에 스칼렛과 로이드가 마법을 통해 팔찌를 만들었다.

아무리 거리가 멀어도, 이 팔찌를 하고 있다면 작은 신호 정도는 주고 을 수 있다.

다음에 신호가 온다면 이성민이 브레덴의 성문으로 창왕과 로이드를 데리러 올 것이다.

"조심하십시오."

"네 걱정을 들을 정도로 부족하지는 않다."

창왕이 이죽거렸다. 로이드는 그런 창왕의 곁에서 그리 좋지 않은 표정으로 서 있었다.

아무래도 자신보다 연장자이고 성격도 지랄 맞은 창왕과 함께 행동하는 것이 불편한 모양이었다.

창왕의 성격이 지랄 맞은 것은 이성민도 잘 알고 있었기 때문에, 그는 내심 로이드에게 위로를 품었다.

로이드를 끌고서 떠나는 창왕을 배웅하고서, 이성민은 브레덴의 시내로 돌아왔다. 예전에…… 15년도 전에. 이성민은 브레덴에 왔었다.

이곳에서는 참 많은 일이 있었다. 이곳에서 남궁희원과 처음 만났었고, 그의 의형제가 되었다.

지금 와서 생각해 보면 그때의 남궁희원은 노회했다. 의형제라는 것을 빌미로 초절정 고수에 진입했던 이성민과 강제적으로 인연을 맺었던 것이니까.

그렇다고는 해도, 이성민은 남궁희원에게 나쁜 인상을 갖지는 않았다. 그는 명문세가인 남궁세가의 장남답지 않게 솔직하고 인간적이었다.

남궁희원과 인연을 맺은 덕에 수월하게 소림에 들어갈 수 있었다. 자질구레한 일을 통해 자주 엮었던 당아희와도 그때 처음 만났었다. 그리고…… 불영대사를 만났었다.

불영대사와의 만남은 이성민에게 있어서 많은 의미를 가져다주었다.

므쉬의 산에서 내려온 후, 무공의 정체기를 맞고 있던 이성민은 불영대사 덕에 다시 무공에 매달릴 수 있게 되었다.

그럴 수 있었던 것은 소림의 미래라 불리던 지학 덕분이기도 했다. 그와의 비무는 정체되어 있던 이성민을 확실하게 성장시켰다.

그때처럼 차분하고, 간절하게 창을 휘둘렀던 적은 많지 않다. 므쉬의 산에서는 강제적인 금제를 통해 고행했었지만, 소림에 금제 따위는 없었다.

마음.

그래, 마음만으로 자신을 가두어 두고서 창을 수련해야만 했다.

그곳에는 아직 매미가 울고 있을까.

지학과 남궁희원에 대한 기억을 떠올리면서, 자연스레 무당에 관한 일도 떠올렸다.

무당을 나올 수 없는 검선. 그가 무당을 나올 수만 있어도, 검선의 힘은 종언을 막는 것에 큰 도움이 될 것이다.

검선의 제자인 청명은 얼마나 강해졌을까.

남궁희원은?

지학은?

10년은 길다.

10년 전에도 청명은 초월지경의 고수였으니 더욱 강해졌을 것이고, 남궁희원과 지학도 초월지경의 벽을 뚫었을지도 모른다.

'혈맹의 일을 정리한 뒤에는 무당에도 가 봐야겠어.'

전력은 많을수록 좋다. 정령의 여왕도 문제지만 가장 난적은 역시 뱀파이어 퀸인 제니엘라다.

제니엘라를 무당산으로 끌어들일 수는 없을까? 아니면 요정의 숲으로 끌어들이던가.

검선과 오슬라는 각각 자신의 영역에서 나설 수가 없는 몸이다. 그렇다면 제니엘라를 그들의 영역으로 끌어들이면 되는 일 아닌가?

[제니엘라가 등신도 아니고, 부른다고 오겠냐?]

'내 쪽에서 그녀를 끌어들일 카드도 없고.'

[가만 보면 너는 참 인성이 나빠. 자각은 하고 있느냐?]

'내가? 나 정도면 악하지는 않다고 생각하는데.'

[선과 악의 문제가 아니야. 이건…… 뭐라 말하기에 모호하군. 봐라. 지금 네가 하는 생각들. 제니엘라를 무당으로 끌어들인다면 상관없는 무당파 도사들이 죄다 뒈질 것이다. 요정의 숲으로 끌어들이면 요정들이 뒈져나가겠지. 너는 그들의 죽음에 대한 생각은 애초부터 하고 있지 않아.]

허주의 말에 이성민의 말문이 막혔다.

[종언을 막는다는 목적을 대의로 두고서 소를 희생한다는 식으로 생각하는 것도 아니지. 다시 말하지만, 너는 애초에 그런 생각을 하고 있지 않다. 보통 사람이 그렇게 생각하나?]

'……모르겠군.'

[뭐, 네 정신머리가 반쯤 맛이 갔다는 것은 예전부터 이 어르신이 몇 번이나 하던 말이지. 이상할 것도 없다. 네가 처했던 상황들은 미쳐버려도 이상할 것이 없으니까 말이야. 하지만, 네가 앞으로 인간으로서 인간답게 살아가는 것을 목표로 둔다면 말이다. 그러니까, 이 세상이 종언의 운명에서 탈출해서, 멸망하는 일 없이…… 그런 세상에서 네가 인간답게 살고 싶다면. 자신의 괴리 정도는 확실하게 자각하고 있도록 해라.]

그 말에 이성민은 살짝 머리를 끄덕거렸다. 이런 류에 있어서 허주의 조언은 가슴 깊이 새기어야만 했다.

그는 이성민과 심적으로 연결되어 있기에 이성민이 보지 못하는 관점으로 생각하고 조언해 주는 경우가 많았다.

브레던까지 온 김에 소림에 올라 불영대사에게 인사라도 전하고 싶었지만, 그럴 수는 없었다.

불영대사는 예전에 신령의 접신을 받아 이성민을 북쪽으로 인도한 적이 있었다.

지금에 와서는 불영대사의 몸을 빌어 이성민에게 방향을 제시해 준 것이 신령인지 마령인지 알 수는 없었다.

하지만 둘 중 어느 쪽이든 간에 이성민으로서는 만나고 싶지 않은 대상이었다. 신령은 적이고 마령은 수상쩍다.

[라플라스라는 놈을 믿나?]

'믿지는 않아. 하지만 나도 마령이 수상쩍은 것은 마찬가지

야. 애초에 놈은 나를 이용했던 것이니까.'

마령이 원했던 것은 위지호연이었고, 이성민은 그를 위한 눈속임이자 버리는 패였다.

그렇다 보니 이성민은 마령에게 좋은 감정이 들지 않았다.

[알고 있겠지? 마령이 사실은 적이라면, 최악의 경우에 너는 위지호연과 싸워야 해. 자신 있나?]

'없어.'

이성민은 솔직히 말했다. 지금 힘으로 위지호연과 싸우게 된다면 필패다.

'그런 일이 없었으면 좋겠지만.'

브레덴에서 하루를 보낸 뒤에, 이성민는 요정마를 소환했다.

요즘 들어서 매일 몇 번이나 불러대고 있지만, 요정마는 별다른 불만을 표하지는 않았다.

애초에 이게 살아 있는 말이기는 한 건가? 이성민은 투명한 눈으로 자신을 내려 보는 요정마를 물끄러미 올려보았다.

그러곤 슬며시 요정마의 등 뒤로 돌아가 꼬랑지를 잡아당겨 보았다.

퍼억.

[뭐 하냐?]

"그냥 궁금했어."

뒷발에 걷어차인 이성민은 가슴팍을 툭툭 털며 중얼거렸

다. 그리곤 푸륵거리는 요정마의 목덜미를 어루만져주었다.

"앞으로 안 할 테니까, 떨어뜨리지만 말아다오."

요정의 숲으로 돌아온 뒤에는 바로 다시 요정마를 타고서 스칼렛과 백소고를 게르무드까지 데려다주었다.

둘이 위험한 일을 겪지 않기를 바라고서, 다시 숲으로 돌아왔다.

"요정마를 더 받을 수는 없는 겁니까?"

"욕심도 많다."

울렁거림을 느끼며 주저앉은 이성민은 오슬라에게 그렇게 물었다. 그러자 오슬라가 혀를 끌끌 차며 머리를 가로저었다.

"공간을 뛰어넘는 요정마는 나도 한 마리밖에 가지고 있지 않아. 나는 위대한 요정의 여왕이지만, 그렇다고 해서 만능인 것은 아니야. 애초에 요정마는 인간이 소유해서는 안 되는 것이라고."

"그런데도 왜 저에게 주신 겁니까?"

"해선 안 될 일을 범한 대가는 종언의 때에 나도 겪게 될 거야."

오슬라가 뚱하니 뺨을 부풀리며 대답했다. 그 '대가'에 대해서 오슬라는 항상 저런 식으로 두루뭉술하게 말할 뿐이었다.

"오슬라 님이 대가를 겪을 일은 없을 겁니다."

"……말은."

오슬라가 작은 목소리로 중얼거렸다. 그녀는 손에 들고 있던 것을 휙 던졌다.

"어려운 일은 아니었어. 그런데, 왜 이런 일을 해달라고 한 거야?"

"……큰 이유는 아닙니다."

이성민은 오슬라에게 받은 것을 품 안에 넣으며 쓰게 웃었다.

"기분이나 낼 뿐이지요."

이성민은 울렁거림을 삼키고서 요정마의 등에 올라탔다. 오늘로 네 번째다.

흑룡협과 야나가 요정마의 뒤에 탔다. 함께 가겠다는 의견을 냈었지만, 이번에도 테레사는 함께 가지 못했다.

그녀는 입술을 삐죽 내밀며 이성민을 올려보았다.

"조심히 돌아오세요."

"이번에도 선물이라도 사다 드립니까?"

"이성민 님의 선물은 기대할 가치가 없어요."

말은 그렇게 했어도, 크론에서 사다 준 타구봉을 테레사는 곧잘 가지고 놀았다.

흑룡협이 숲에 온 뒤로는 그에게서 기초적인 봉법을 배워 수행까지 하고 있었다.

그래 봤자 내공도 사용하지 않는 몸동작에 지나지 않았지만 말이다.

"이번에는 제대로 된 것으로 가져오도록 하죠."

"기대 안 해요."

테레사의 투덜거림을 뒤로 하고서, 요정마가 공간을 뛰어넘었다.

하라스.

10년 전에, 사마련이 있던 곳.

사마련주가 있던 곳.

10년 만에 돌아온 하라스의 성문은 이전과 크게 다르지는 않았다. 이성민은 하라스의 성문을 올려보면서 과거의 기억을 떠올렸다.

처음 하라스에 왔을 때, 이성민은 사마련주에게 받았던 가면을 쓰고 있었다.

당시로써는 다스릴 수가 없던 요력을 억누르기 위해서였다. 지금에 이르러 몸뚱이는 완전한 요괴의 것이 되었고, 요력 또한 손발처럼 자유로이 다룰 수가 있게 되었다.

그렇게 되니 이성민에게 있어서 가면은 그리 필요가 없게 되었다.

하지만 이성민은 그때의 가면을 버리지 않았다.

생각해 보면, 사마련주는 이성민에게 물질적인 것은 거의 주지 않았다.

그는 이성민을 제자로 들여 자신의 무공인 흑뢰번천을 계승시켰고, 사마련주의 후계자라는 배경을 주었다. 받은 것이었으나, 그것은 만질 수 있는 물건은 아니었다.

가면은 다르다.

오슬라가 만들어준 이 가면은, 흑뢰번천과 함께 사마련주의 제자라는 상징이었다.

또, 이성민이 사마련주에게 직접 받은 유일한 물건이기도 했다.

이성민은 품 안에서 가면을 꺼냈다. 오랜만에 꺼내는 가면은 반가우면서도 가슴을 아리게 만들었다.

언제나 다른 가면을 쓰던 사마련주의 모습이 떠올랐다. 오늘, 나는 하라스로 들어간다. 곧바로 혈맹으로 향할 것이다.

혈맹은 사마련의 해체 후, 갑작스레 나타난 혈마가 사마련에 속해 있던 사파들을 규합하여 만든 조직이다.

이름과 주인이 바뀌었다뿐이지 사마련 때와는 크게 달라지지 않았다.

마음에 안 들었다.

혈맹의 혈마를 굳이 치기로 한 것. 네로를 친다면 제니엘라가 개입할 여지가 있기 때문이기도 했지만, 이유는 그것이 전부가 아니었다.

아주 개인적인 이유도 있었다.

이성민은 천천히 들고 있던 가면을 얼굴로 가져갔다.

오슬라에게 미리 부탁해 두어, 가면이 가지고 있던 요력을 억제하는 기능은 없애 두었다. 오랜만에 쓴 가면은 어색했지만, 얼굴에 딱 맞았다.

"이곳까지 데리고 온 주제에 이런 말을 하는 것도 우습지만."

이성민은 등 뒤에 걸치고 있던 창을 양손으로 잡았다.

"가급적이면 나서지 말아 주십시오."

"기분이 안 좋아 보이는군."

뒷짐을 지고 있던 흑룡협이 중얼거렸다.

"스승의 집이 흙발로 짓밟혔기 때문인가?"

"……스승님은 사마련을 자신의 집이라 여기시지는 않았을 겁니다."

"그런데 왜 분노하지?"

"스승님은 그렇게 생각하지 않았어도, 세상 사람들은 그렇게 여기지 않으니까요."

이성민은 성문으로 다가갔다.

"마황 양일천이 죽고, 분해된 사마련이 뭔지도 모를 혈마에게 거두어져 혈맹이 되었다."

괴력난신이 풀려나왔다.

"그게 조금 짜증이 납니다."

[거짓말을 하는군.]

허주가 낄낄 웃었다.

[조금이 아니라, 많이 짜증이 나지 않았느냐.]

그 말에 굳이 답해주지는 않았다.

그때에도 생각하였지만, 사마련주는 뱉는 말과 속내가 다른 인물이었다. 그는 자신이 다스리던 사마련이 귀찮았다고 했다.

사마련주의 성격을 보건대, 그 말은 거짓이 아니었을 것이다. 그렇다고 해서 사마련주가 사마련에 소홀하지는 않았다.

그는 수십 년 동안 사마련을 떠나 있는 와중에도 지부장들의 머리에 단말을 심어 암중에서 사마련을 관리했고, 자신의 심복들을 사마련 내에 심어두어 분란을 체크 했다.

오랜 침묵에서 깨어났을 때는 후계자인 이성민을 먼저 보내어 사마련 안에 있던 분란의 싹을 뽑아내기도 했다.

이미 죽은, 아니, 이 세상을 초월해 버린 사마련주가 대체 무슨 심정으로 사마련을 품었는지는 알지 못한다.

확신할 수 있는 것은, 사마련은 사마련주에게 있어서 한때는 집이었던 장소라는 것.

마황 양일천이라는 위인이 다스리고, 이끌던 집단이었다는 것.

비록 사마련주의 유언을 받은 이성민의 선택으로 해체되었다고는 해도.

사람들이 보기에는, 혈맹은 사마련의 뒤를 잇는 단체였다. 수장이 바뀌고 흑마법사들이 추가되었을 뿐이다.

몇몇 이들은 혈마가 사마련주의 숨겨진 제자라고 떠들기도 했다. 소문 하나 없이 갑자기 튀어나온 절대 고수에, 해체된 사마련 문파들을 끌어모아 혈맹을 만들었으니 그럴 만도 했다.

그게 마음에 안 든다.

허주가 말한 대로였다. '조금' 짜증이 나는 것이 아니라, '많이' 짜증이 났다. 알지도 못하는 이들이 떠드는 소리가 짜증이 난다.

혈마는 사마련주의 제자가 아니다. 혈맹은 사마련의 뒤를 잇는 단체가 아니다.

그래서 가면을 썼다.

"어……."

성문의 경비병들은 다가오는 이성민을 보고서 입을 멍하니 벌렸다. 흉측한 도깨비의 가면을 쓴 이성민은 그들에게 상황을 설명하지는 않았다.

그는 침략과 전쟁을 위해 이곳에 왔다. 제니엘라가 북쪽에 있는 것이 확실한 지금, 혈마를 끊어내기는 지금이 적격이다.

[결심은 했나?]

'그 방법 외에는 답이 없어. 혈마를 죽여 봤자 제니엘라에게 힘이 돌아갈 뿐이라면…… 돌아가지 않게 만들어야지.'

[포식하겠다는 말이로군.]

풀려나온 괴력난신이 공간을 장악했다. 가면을 쓴 이성민의 모습을 보고서 어쩔 줄 몰라 하던 경비병들의 두 눈에서 빛이 사라졌다. 비틀거리며 쓰러진 그들을 내버려 두었다.

"먼저 가겠습니다."

그 말을 남기고서, 이성민의 발이 땅을 박찼다. 그 순간에 그는 한 줄기 번개가 되어 앞으로 쏘아져 나갔다.

흑룡협은 저만치 앞까지 사라진 이성민을 보며 머리를 절레 절레 저었다.

"이럴 거면서 왜 데리고 온 것인지."

말은 그렇게 했지만, 흑룡협은 이성민의 뒤를 따라 속도를 냈다. 야나도 마찬가지였다.

이성민은 장애물이 없는 도시 상공까지 뛰어올랐고, 혈맹의 건물까지 일직선의 최단거리로 날아갔다.

성문을 박살 내고 들어갈까도 생각했지만, 굳이 그렇게까지 하지는 않았다.

그런 식으로 시간을 날리는 중에 혈마가 도망치지 않을까 생각했기 때문이었다.

"귀창이 오고 있다."

혈마는 도망치지 않았다.

그는 검은 머리를 위로 틀어 올리고 붉은 용포를 입었다. 느슨한 자세로 뒷짐을 지고 서서, 누각의 정중앙에 서 있었다.

그는 거리를 좁혀 오는 거대한 존재감을 느끼고 있었으나 겁을 먹지는 않았다. 가늘게 뜬 눈으로 다가오는 존재감을 느끼면서도 도망치지는 않았다.

붉은빛이 번들거리는 혈마의 두 눈은 누각의 사방에서 보이는 풍경이 아닌 다른 것을 보고 있었다.

"아마, 아니, 틀림없이. 나는 죽게 되겠지."

본인의 죽음에 대해 말하면서도 혈마의 목소리는 평온했다. 혈마가 보고 있는 것은 먼 북쪽 끝에 있는 제니엘라였다.

혈족의 최정상에 서 있는 로드에게 말하는 것임에도 혈마는 말을 높이지 않았다. 제니엘라가 만들어낸 멸망을 보고 가도 재미있을 테지만, 혈마는 그것을 보고 가기보다는 이렇게 죽기를 선택했다. 사실 나이만 따지고 본다면 제니엘라보다 연상이었다.

"걱정도 안 해주는 것이냐?"

혈마가 피식 웃으며 물었다. 북쪽에서 제니엘라는 혈마와 마주 보며 빙그레 웃고 있었다.

"죽음을 바라던 것은 당신이었잖아요."

"그렇지."

혈마가 머리를 끄덕거렸다. 수백 년을 살았다. 뱀파이어가 되지 않고 인간으로 남았어도 이만한 세월을 살았을 테지만, 혈마는 자신이 살아온 수백 년의 세월에 염증을 느끼고 있었다.

어차피 멸망은 예정되어 있다. 머지않아 모든 것이 끝나버리겠지. 제니엘라가 만들어낸 멸망을 보고 가도 재미있을 테지만, 혈마는 그것을 보고 가기보다는 이렇게 죽기를 선택했다.

"만에 하나라는 것도 있잖아요."

제니엘라가 소곤거렸다.

"어쩌면 죽지 않을 수도."

"해 봐야 알겠지만 말이다."

그렇게 말하기는 하였어도, 혈마는 본인의 죽음을 예감하고 있었다. 달이 뜬 밤이라면 '반드시' 이겼겠지만, 지금은 달이 뜨지 않은 이른 아침이다.

슬슬 오는구나. 혈마가 마지막을 준비했다.

"마지막으로 하고 싶은 말은 없느냐?"

"마지막이 아닐 수도 있는 걸요."

"아니, 마지막일 게다."

"그렇다면…… 지금까지 고마웠어요. 나중에 제 안에서 다시 볼 수 있으면 좋겠네요."

"그렇게 느슨하지는 않겠지."

혈마가 끌끌 웃으며 말했다. 그런 혈마를 보는 제니엘라의 웃음이 살짝 흔들렸다.

제니엘라는 오랜만에 그런 감정을 느꼈다. 이게 아마, 상실감이었나. 아니면 안타까움?

그런 감정은 오래전에 잊은 그녀였지만, 수백 년 동안 함께 해온 두 번째 혈족과의 이별을 앞두니 잊은 감정이 조금이나마 머리를 들었다.

“고마워요.”

“넌 언제나 나에게 마음에 안 드는 부탁을 하였지. 하지만 마지막 부탁은 괜찮았다. 이건 꽤 즐거운 일이니까.”

“마음에 들었다니 다행이에요.”

콰아아앙!

자색 전류에 휘감긴 강기가 누각의 천장을 박살 냈다. 흩어진 파편들이 공중을 날아오른다.

몰아치는 바람의 한가운데에서 혈마는 뒷짐을 진 손을 아래로 내렸다.

마지막이니까, 아버지라고 불러주는 것을 기대하였는데. 혈마는 피식거리며 웃었다. 아무래도 그런 말을 나누기에는 너무 나이를 먹어버린 모양이지.

혈마는 먼 옛날의 기억을 떠올렸다. 시체 더미 한가운데에서, 어린 제미니의 손을 잡고 서 있던 제니엘라를.

그것이 벌써 700년 전인가?

양녀로 들여 달라고 뻔뻔스레 말하던 것이 귀여워서 딸로

들였다.

그 후 10년이 지나, 혈마는 제니엘라의 두 번째 혈족이 되었다.

“난폭하군.”

혈마는 하늘에 서 있는 이성민을 올려보았다. 이성민은 동요 없는 표정으로 이쪽을 올려보는 혈마를 내려 보았다. 중년의 모습을 한 혈마는 빙그레 웃으면서 이성민을 향해 손짓했다.

“도망칠 생각도 없고, 뭔가 수작을 부릴 생각도 없네. 자네는 나를 죽이러 온 모양인데…… 능력이 된다면 나를 죽일 수 있겠지.”

이건, 생각보다…….

가면 속에서 이성민의 눈썹이 꿈틀거렸다. 이성민은 혈마가 어느 정도의 힘을 가진 것인지 엿볼 수가 있었다.

아래에서 높은 곳을 올려본다면 그 끝이 보이지 않겠지만, 높은 곳에서 아래를 본다면 아주 쉽게, 많은 것을 볼 수가 있다.

혈마의 경지는 잘 보이지 않았다. 적어도 무리(武理)에 있어서는 혈마가 이성민보다 높은 경지에 있는 것은 분명했다.

제니엘라의 두 번째 혈족이라기에 어마어마한 힘을 가진 뱀파이어라는 것은 알고 있었다.

그렇기에 더더욱, 혈마를 이곳에서 끊어내야만 했다. 나중에 혈마가 제니엘라와 합류하거나, 제니엘라가 혈마를 죽여 힘을 거두어간다면 골치가 아프다.

[죽여서는 안 돼.]

허주가 조언했다.

[잊지 마라. 네가 놈을 죽여 버린다면, 놈의 힘은 제니엘라에게 환원된다. 저만한 힘이 제니엘라에게 더해진다면 그 년은 걷잡을 수 없는 괴물이 되어버릴 게야.]

잡아먹어야 한다.

"허주가 뭐라고 하고 있나?"

[저 건방진 새끼. 주제도 모르고 이 어르신의 이름을 함부로 불러?]

혈마가 웃으며 묻자, 허주가 씨근거리는 소리를 냈다. 이성민은 창을 양손으로 잡고서 자세를 잡았다.

혈마는 그런 이성민을 보며 혀를 찼다.

"서두를 것은 없다니까. 말하지 않았나? 도망칠 생각도 없고, 수작을 부릴 생각도 없다고. 자네가 무인으로서 나를 죽이기 위해 싸움을 건다면, 나도 무인으로서 자네와 맞설 생각일 뿐이야. 그 전에 약간의 이야기를 나누고 싶은 것뿐이지."

"……왜 도망치지 않지? 도망칠 정도로 내가 위협적이지 않다는 뜻인가?"

"아니, 그건 아닐세."

혈마가 머리를 흔들며 부정했다. 그의 행동은 조급함 없이 여유만 있었다. 그렇기에 이성민은 혈마의 태도를 이해할 수가 없었다.

"자네는 충분히 위협적이야. 특히나 위협적인 것은, 자네가 이 세상에 다시없을 괴물의 몸뚱이를 가졌음에도 정신이…… 그러니까, 가진 무공이 몸뚱이에 걸맞지 않다는 점이지."

"그게 왜 위협적이라는 건가?"

"성장의 여지가 아직 남았다는 것이니까."

혈마가 껄껄 웃었다.

"몸과 정신에 성장의 여지가 없다면 위협이라 할 것도 없을 걸세. 엄청난 기적이라도 일어나지 않는 한 거기서 더 성장하는 것은 힘든 일이니까. 특히, 자네도 알겠지만 일정 경지에 오르면 거기서 더 높은 곳으로 나아가는 것이 더욱 힘들어지지. 하지만 자네는 아니야. 육체가 무공보다 먼 곳에 있기 때문에 무공만으로는 불가능한 변수를 쉽게 만들 수가 있어. 성장 여지도 있고."

나와는 다르지. 혈마가 그렇게 덧붙였다.

"나는 수백 년 전부터 정체되어 있었네. 무공은 계속 익혀 왔지만 거의 늘지 않았지. 차라리 인간으로 남았다면 또 모르겠지만, 후후, 인제 와서 별 의미는 없는 말이야."

"……당신은 북쪽을 떠나 이곳에서 혈맹을 만들었다. 그 이유는?"

"혼란을 만들기 위해서였지. 그 당시의 제니엘라는 나를 통해 혈맹을 만들고, 혈맹을 이용해 전쟁을 벌이려 했네. 그것이 제니엘라가 설계했던 그림 중 하나였지. 전쟁을 통해 혼란을 야기하고, 곳곳에서 분쟁을 일으켜 이 세상을 망치려 했어. 사실 그것은 제니엘라가 보았던 미래는 아니었네. 그 시점에서 제니엘라는 미래를 거의 보지 못하고 있었고…… 나를 운명의 변수로 써볼 생각인 모양이었지만, 결국 잘되지 않은 모양이야. 무슨 말인지 알겠나?"

혈마가 어깨를 으쓱거렸다.

"나는 버리는 말인 것일세."

"……당신 정도의 뱀파이어를 버리는 말로 썼다고?"

"나 정도 되는 뱀파이어니까 버리는 말로 쓴 것일세. 나 정도의 힘을 가지고 있다면 운명을 비틀기에 충분하다고 여긴 것이지. 뭐, 결과적으로는 실패했지만 말이야."

"그래서…… 이렇게 당신을 처분하는 것인가?"

"처분…… 처분이라. 이렇게 되기를 바란 것은 나일세."

혈마는 몇 걸음 뒤로 물러섰다. 그러면서 걸치고 있던 용포를 벗었다.

"그래도 무인이니까 말일세. 강한 무인과 싸우다 죽고 싶은 것이야."

이성민은 혈마가 용포를 벗는 것을 묵묵히 지켜보았다. 그는 소매를 걷어 올리고서 양손의 깍지를 끼고 쭉 기지개를 켰다.

"이런 것은 오랜만이거든."

"당신…… 이름이 뭐지?"

"주희백. 자네는 모를 거야. 내가 무인으로서 이름을 날렸던 것은 700년 전이었으니까. 그 당시에는 사마련주도, 검선도, 무신도 없었지. 나와 같은 시간을 살았던 이들은 모두 죽었네. 아무리 무공이 드높아진다고 해도 700년이나 사는 것은 불가능하니 말일세. 나처럼 뱀파이어가 된다면 또 모를까."

"왜 뱀파이어가 되었나?"

"흔한 이야기일세. 부모는 자식이 조르는 것을 결국에는 들어줄 수밖에 없거든."

부모…… 자식……? 이성민은 알 수가 없어서 머리를 갸웃거렸다. 가볍게 몸을 푼 혈마는 양손을 털면서 말했다.

"슬슬 해보지."

콰아앙!

아래쪽에서 소리가 났다. 이성민보다 조금 늦게 도착한 야나와 흑룡협이 혈맹의 대문을 부수고 온 소리였다.

"가면을 쓰고 왔다는 것은 사마련주의 제자로서 나를 징벌하기 위해 왔다는 의미인가? 소문을 즐기는 이들이 안줏거리로 삼기에는 좋은 이야기가 되겠군. 자네가 나를 죽이고, 멋지게 이곳을 빠져나간다면 말이야."

이성민은 말없이 창을 세웠다.

"내가 쓰는 무공은 수라천살공이라 하네. 조심하는 것이 좋을 걸세."

혈마가 양손을 앞으로 쭈욱 내밀었다.

"그래도 700년 전에는 천하제일이라 불리던 무공이니까."

혈마의 몸에서 강맹한 기운이 솟구쳤다.

700년 전.

아득히도 오래전을 말하는 것이었지만, 이성민은 그 말을 쉬이 넘길 수가 없었다.

빙그레 웃으며 말하는 혈마에게서는 죽고 죽이는 싸움을 앞에 두고서 품는 결의나 긴장 따위는 느껴지지 않았다.

내비치는 여유의 근거는 강자로서의 자신감일까, 아니면 수백 년을 살아온 노장의 연륜일까. 이성민은 감히 그것을 판단하려 하지 않았다.

수라천살공.

700년 전에 천하제일이라 불린 무공이라고 했다. 안타깝게도 이성민은 수라천살공이 어떤 무공인지 알 수는 없었다.

전생의 기억을 모조리 뒤져 보아도 700년이라는 오래전의 무공은 없다.

'넌 아냐?'

[모른다.]

혹시나 기대하여 질문하였지만, 허주가 시큰둥한 목소리로 대답했다.

[이 어르신이 700년 전에 살아있기는 했지만, 인간의 무공에는 그리 관심을 갖지 않았거든. 이 어르신의 적은 요괴고 인외였지 인간은 아니었다.]

그래서 관심을 두지 않았다. 무기는…… 쓰지 않는 것인가? 맨손의 혈마를 보았다.

그는 느슨하게 펼친 오른손을 앞으로 내세우며 이성민을 향해 손짓했다.

"내가 한참 늙었으니, 첫 초는 양보해 주겠네."

"오히려 양보받아야 하는 것 아닌가?"

"늙기는 하였다만 양보받을 정도는 아닌 것 같군."

혈마가 빙그레 웃으며 말했다. 처음은 일단 탐색으로 갈까. 첫 초만으로 끝낼 수 있다는 생각은 조금도 하지 않는다.

그러니 신중하게, 반격의 여지를 주지 않고서. 그러면서도 건성으로 하지 않고.

그런 창을 쏘아냈다. 성민이 선택한 초식은 구천무극창 오초인 절명섬 뇌광이었다.

전류가 빛을 발했을 때 창두는 이미 혈마의 가슴을 노리고 들어가고 있었다.

둘 사이의 거리는 무의미했다. 걸음 하나로 거리를 좁혔고

길게 뻗은 창과 그 끝에서 형성된 강기는 창두보다 먼저 혈마의 가슴을 꿰뚫으려 했다.

"빠르군."

혈마의 평가는 창보다 느렸다. 그는 앞으로 뻗어 둔 오른손을 움직여 창끝을 흘려보내며 평가를 중얼거렸다.

이성민은 욕심을 내지 않았다.

어떤 식으로든 대응할 것임은 이미 알았으니까. 방향이 틀어진 창을 회수하면서 발을 더 앞으로 뻗는다.

양팔을 휘둘러 창대를 휘둘렀다. 창두 반대편의 창준이 둔기가 되어 혈마를 노린다.

간단한 동작이지만 몸뚱이와 내공, 요력을 아낌없이 쓰며 펼친 동작이다.

혈마의 입꼬리가 씰룩거렸다.

꽈아앙!

누각의 기둥이 흔적도 없이 소멸했다. 혈마는 곡예사처럼 상체를 크게 젖히며 이성민의 공격을 피해냈다.

붉은 강기가 어린 그의 손끝이 그 자세에서 이성민을 노렸다. 섬뜩한 예감이 감각을 쑤셨다.

질풍신뢰가 펼쳐졌다. 근거리의 공간을 도약하며, 이성민은 방금 자신이 있던 자리가 폭발하는 것을 보았다.

'어떤 무공이지?'

한 번 보는 것만으로 무공의 종류를 파악하기는 이성민에게 힘든 일이었다.

그것이 가능해지려면 천재적인 오성을 타고나야 하니까. 경험과 눈썰미…… 경험은 몰라도, 이성민에게 눈썰미는 없었다.

'속도가 빠르지는 않아.'

그것은 확신했다. 속도는 이쪽이 훨씬 빠르다. 그래서 위화감이 든다. 이성민은 창을 통째로 휘둘렀다.

분뢰추살 뢰섬과 혈류추살이 공간을 뒤덮었다. 전방을 틈없이 압박해 오는 공세. 그 공세를 상대로 혈마는 양손을 들어 올렸다.

혈마의 양손이 정면을 휩쓸었다. 손짓을 따라 일어난 붉은 파도가 이성민의 공세를 옆으로 모조리 밀어냈다.

"장소가 안 좋군."

혈마가 중얼거렸다. 그 말 대로였다. 소멸시키지 못하고 흘려냈을 뿐이다.

이성민의 공격은 바닥을 휩쓸었고, 누각을 지탱하고 있던 건물이 붕괴하기 시작했다.

이성민은 무너지는 건물을 무시하고서 도약했다. 아직 혈마의 무공을 파악하지는 못했다. 그나마 알 수 있는 것은.

[무식할 정도의 힘이다.]

늦게 움직였음에도 창로가 장악한 공간을 통째로 찢어버렸다. 태도와는 다르게 혈마의 무공에는 패력이 가득 실려 있었다.

"보거라."

공중으로 날아오른 혈마가 말했다. 그는 손가락을 들어 아래를 가리켰다. 그 아래에서는 일방적인 싸움이 벌어지고 있었다.

혈맹의 무사들은 흑룡협과 야나의 전진을 가로막지 못하고 있었다. 곳곳에서 흑마법사들이 마법을 펼치려 하였지만, 그들의 마법은 야나가 요력으로 펼친 결계를 뚫지 못했다.

"혈맹이 무너지는구나. 뭐…… 어차피 혈맹이라는 단체는 더 이상 존재할 이유가 없어졌지만 말이야. 저들과 합공한다면 나를 쉽게 잡을 수 있을 텐데, 어떤가?"

대답 대신에 몸을 움직였다. 혈마는 그런 이성민을 보며 빙그레 웃었다. 권하듯 말하기는 하였지만, 만약 이성민이 정말로 흑룡협이나 야나와 합공했다면 혈마가 난감해졌을 것이다.

수작을 부릴 생각은 없었다.

혈마는 진심으로 이곳에서 죽을 생각이었다. 뛰어난 무인과 싸워서, 가진 모든 힘을 끌어내고도 어찌할 수 없는 패배를 맞고 싶었다. 수백 년을 살아온 무인이라면 누구나 이런 소망을 가질 것이다.

무공.

얼마만큼의 시간을 쏟아부어도 그 끝을 보는 것은 불가능하다. 그것은 이 세상 그 누구보다 혈마가 가장 잘 알고 있었다.

700년이다.

700년이라는 시간을 무공에 매진했다. 뱀파이어가 되고서도, 제니엘라의 곁에 있는 것보다는 홀로 무공을 수행하기를 택했다.

하지만 앞으로 나아갈 수가 없다. 마치 누군가가 절대적인 한계를 정해 놓은 것처럼, 아무리 시간을 쏟아붓고 무공에 매진해도 더 나아갈 수가 없었다.

수백 년의 시간이 흐르고, 자랑스럽게 여기던 무공은 정신을 좀먹는 독이 되었다.

아무리 수행을 해보아도 앞으로 갈 수 없고 그 끝이 보이지도 않는다. 그렇다고 인제 와서 포기하고 싶지도 않았다.

결국에는, 차라리 싸우다가 죽고 싶다는 마음이 들었다. 가진 모든 것을 쏟아내며 싸우다가 죽으면 후련할 것 같았다.

'그래, 모든 것을.'

혈마의 얼굴에서 웃음이 사라졌다. 동시에 그의 몸 전체에 흐르던 기운이 날뛰었다. 이성민의 얼굴이 굳었다.

'네 모든 것을.'

혈마의 모습이 사라졌다.

두 눈으로 보지 못했다. 어느새 그는 시야가 비추지 않는 사각으로 파고들어 왔다.

육감으로 느끼고서 상체를 비튼다. 창을 휘두르는 것으로 혈마의 접근을 견제하였으나 그의 몸은 실체 없는 유령처럼 창의 궤적 사이를 파고들었다.

느슨하게 쥐어 휘두르는 손은 빠르지는 않았으나 여전히 기묘했다.

꽈꽈꽝! 연이은 타격이 호신강기를 두드렸다. 이성민은 뒤로 쭈욱 밀려나면서도 창을 쏘았다.

구룡살생 뇌겁이 포악한 모습으로 혈마를 덮쳤다. 혈마는 물러서지 않았다.

그의 무공은 이전과 다름없이 유했으나 무공을 펼치는 혈마의 움직임은 적극적이었다. 혈마는 갈고리처럼 쥔 양손을 머리 위로 들었다.

꽈지지직!

덮쳐오던 구룡살생 뇌겁이 혈마의 손짓에 갈기갈기 찢겼다. 흩어지는 강기의 파편이 아래로 추락했다.

혈마는 그것을 보지 않고서 뛰었다. 이성민도 물러서지 않고 혈마에게 마주 뛰었다.

혈마의 무공은 화려하지는 않았으나 그 안에 실린 힘이 어마어마했다. 구룡살생이 허무하게 찢기는 것을 보면서 이성민은 다음 초식을 준비했다.

내공과 요력이 창에 유입되었다. 뻗어낸 창이 관천 뇌격을 만들었다.

혈마는 정면을 덮쳐오는 관천을 보고서도 피하지 않았다. 그의 몸을 뒤덮고 있는 붉은 강기가 더욱 거세어졌다.

그는 거대하고 눈 부신 빛이 되어 관천을 향해 뛰어들었다. 혈마가 양손을 활짝 펼쳤다. 움직이는 그의 손짓이 잔영을 만들었다.

뜯어낸다.

그렇게밖에 말할 수가 없었다. 힘을 충분히 주어 쏘아낸 관천이 혈마의 손짓에 뜯겼다. 그렇게 길을 연 혈마는 이성민의 가슴을 향해 손을 쭈욱 밀어 넣었다.

이성민은 물러서지 않고 무영탈혼을 펼쳤다. 이보겁살, 삼보필살, 사보광란.

뻗는 걸음이 무공을 완성했다. 걸음걸이로 장악한 공간이 명확한 살의를 갖추고서 혈마를 휘감았다.

더.

혈마는 작은 소리로 중얼거리며 양손을 주먹으로 쥐었다. 혈마가 몸을 비틀며 주먹을 휘둘렀다.

꽈앙!

무식한 힘이 담긴 그 일격이 공간을 뒤흔들었다. 가장 먼저 이보겁살이 박살 났다. 혈마가 한 걸음 앞으로 나서면서 반대쪽 주먹을 휘둘렀다.

꽈아앙!

삼보필살이 박살 났다.

[보기와는 다르게 호쾌한 놈이로고!]

허주가 껄껄거렸다. 이성민은 동요 없이 창끝을 세웠다. 그 시점에서 혈마는 다시 한번 주먹을 휘둘러 사보광란을 박살 냈다.

혈마는 난적이었다.

그가 쓰는 무공은 모른다. 혈마가 700년 전에 어떤 인물이었는지도 모르겠다.

하지만 지금 혈마가 보여주는 신위는 이성민이 싸워 온 그 어떤 이들보다 뛰어났다.

창이라는 병기에 있어서 이성민보다 아득히 높은 경지에 있는 창왕조차도 이성민의 무공을 이리 쉽게 찢어내지 못했다.

창왕은 기교로서는 이성민보다 앞서 있었으나 그 외의 부분에서는 이성민보다 부족했다.

하지만 혈마는 아니었다. 그의 무공은 단조로워 보이면서도 확실하게 이성민의 틈을 노려오고 있었다.

단순무식하게 힘만 강한 것이 아니었다. 무에 대한 이해도가 아득하게도 높았다. 그러면서도 강력한 힘을 가진 육체를 자유롭게 다룬다.

지금이 낮이 아닌 밤이었다면, 이성민은 혈마와의 싸움에서 승기를 잡을 수가 없었을 것이다. 그리고 보름달이었다면 틀림없이 패배했을 것이다.

그래서 이해가 안 된다.

저만한 무리를 가지고 있는데. 700년이라는 시간을 무공에 매진했으면서도, 혈마는 '고작' 저 정도의 힘밖에 가지고 있지 않았다.

적어도 이성민이 느끼기에 혈마는 사마련주와 싸웠을 적의 무신과 대등하거나 조금 강한 것 같았다.

하지만 사마련주와는 비교가 안 된다. 혈마의 재능이 부족해서? 그것이 700년의 노력도 허무하게 만든단 말인가?

끝내 초월지경에 닿지 못하고 죽은 광천마가 떠오른다.

부조리할 정도의 재능을 타고난 이들도 함께 떠올랐다. 초월지경에 오른 모두.

'한계…….'

마치, '여기까지'라고 정해 놓은 것만 같은.

김종현은 이 세상을 두고서 사육장이라고 했다. 그것이 무슨 뜻인지는 잘 안다.

이 세상, 에리아는 전 차원에서 이계인을 불러들이고 종류가 다른 무공과 마법을 하나로 모아 발전시키는 것을 목표로 하고 있다.

이미 몇 번이나 이 거대한 사육장은 열리고 닫히는 것이 반복되었으며, 성과를 거둘 때마다 종언이라는 형태로 사육장의 모르모트들을 몰살시켰다.

완전한 초월자가 된다면 에리아에서 추방된다.

학살포식은, 사마련주가 초월자마저 초월했기에 이 세상을 떠난 것이라고 했다.

'……너무하는군.'

결국 이 세상의 모든 존재는 성장의 한계가 애초부터 정해져 있다는 것이다.

아주 가끔, 사마련주나 허주와 같은 예외가 발생하기는 하지만. 대부분의 존재는 한계를 넘지 못한다.

광천마가 초월지경에 닿지 못한 것처럼. 700년을 살아온 혈마가 사마련주보다 약한 것처럼.

그럼 나는 어떨까.

문득 그런 생각이 들었다. 이성민은 학살포식을 소멸시키면서 모든 운명에서 해방되었다.

동시에 한계를 초월한 예외적 존재였던 허주의 요력을 얻었고, 사마련주의 힘을 계승했다.

그를 통해 이성민은 본래 자신의 재능으로는 불가한 '성장의 여지'를 강제로 갖게 되었다.

너답게.

볼란데르를 소멸시켰을 때에, 귓가를 스쳤던 사마련주의 목소리를 떠올린다.

혈마는 자신의 무공인 수라천살공을 두고서 700년 전에 천하제일이라 불린 무공이라 했다.

700년 전의 이야기일 뿐이다. 사보광란까지 박살 낸 혈마가 하늘을 걸으며 이성민에게 다가왔다.

지금 시대에 천하제일을 논하는 것에 수라천살공이 들어갈 자리는 없다. 이성민의 몸 깊은 곳에서 요력이 풀려나왔다.

"천하제일."

이성민이 작은 목소리로 중얼거렸다. 혈마가 시뻘건 빛에 휘감긴 손을 이성민을 향해 뻗었다.

요력이 완전히 창을 휘감았다. 공간이 삐걱거리는 소리를 냈다. 예전에, 하라스로 돌아가는 길에 창왕과 처음으로 싸우게 되었을 때.

이성민은 처음으로 이 초식을 펼쳤고, 완전히 펼치는 것에는 실패했다. 이 초식은 이성민이 가진 힘에 굉장히 잘 맞았지만, 당시의 이성민이 가지고 있던 불완전한 몸은 감당하지 못했다.

구천무극창.

위지호연이 주었고, 사마련주가 다듬어 준 무공이다.

이성민 본인이 천하제일이 아닐지라도, 그가 가진 무공은 천하제일이다.

고금제일인인 마황 양일천의 손길이 닿은 것이니까.

공간이 일렁거리며 자색 안개가 휘몰아쳤다.

환계가 열렸다.

혈마의 몸이 멈칫 굳었다. 기묘한 위화감이 가득한 공간 한 가운데에서 혈마는 주변을 둘러보았다.

이건…… 무공인가? 이런 무공을 겪어 보는 것은 처음이라, 혈마는 조금 당황할 수밖에 없었다.

조금 전까지만 해도 그는 싸움이 벌어지는 혈맹의 상공에 있었다.

'어디지?'

창끝에 맺힌 자색 빛을 보았을 때, 공간이 뒤흔들렸다. 혈마는 천천히 팔을 움직여 보았다.

몸을 움직이는 것에 이상한 느낌은 없었다. 귀를 기울여 보았다. 아무것도 들리지 않았다.

함성 소리도, 병장기가 부딪히는 소리도. 혈마는 입을 열어 목소리를 냈다. 분명 소리를 냈는데, 그 소리가 귀에 들리지는 않았다.

'무공이라기보다는…… 마법이군, 아니, 요술이라고 해야 하나?'

대요괴의 반열에 든 이들이 요력을 통해 상식적으로 불가능한 현상을 일으키곤 한다.

그것이 요술이다.

엄밀히 따지자면 순혈 뱀파이어가 가지는 마안이나 뱀파이어의 불사력, 주원의 독 등도 요술이라고 할 수 있다.

피차 상식적으로 불가능한 현상인 것은 똑같기 때문이다.

혈마의 판단은 어느 정도 맞았다.

본래 구천무극창의 팔초인 환계는 이런 무공이 아니었다. 애초부터 이런 무공이었더라면 너무 난해하여 위지호연이 이성민에게 가르치지도 않았을 것이다.

처음의 환계는, 창법을 펼치면서 가벼운 암시와 환술을 걸어 상대의 눈을 현혹하는 무공에 지나지 않았다.

그런 환계가 사마련주의 손길을 거치면서 이렇게 바뀌었다. 당시 이성민은 불완전한 요괴의 몸뚱이를 가지고 있었지만, 가진 요력은 대요괴와 비교해도 손색이 없었다.

그를 파악한 사마련주가 환계를 이성민에게 잘 맞게 뜯어고쳐 주었다.

이성민은 안개 속을 둘러보는 혈마를 지켜보았다. 환계를 펼친 것은 10년 전에 창왕과 싸웠을 때 이후로 처음이다.

그때는 환계를 펼치는 것만으로도 두통을 느꼈고, 나중 가서는 자신의 무공을 버티지 못해 요력이 폭주했었다.

지금은 아니었다.

두통이 없었다. 정신은 오히려 그 어느 때보다 맑았다. 몸도 무겁지 않았다. 적당한 긴장감으로 심장이 뛰었고 감각은 예리했으며 시야는 또렷했다.

예전에 힘겨움을 느꼈을 때와는 다르게, 지금은 환계 속에서 있는 것이 편하고 좋았다. 그것은 이성민의 몸이 완전한 요괴가 되었다는 증거이기도 했다.

이곳은 요력이 가득한 공간이다. 예전에는 환계를 펼치면서 요력이 풀려나왔지만, 이제는 괴력난신이 그 자리를 대신했다.

이성민은 알지 못했지만 환계는 일종의 공간침식이었다. 몸안 가득한 요력이 공간을 침식해서 완전히 장악하였다.

[좋은 기분이군.]

환계 속에서 허주가 떠들었다. 요력이 가득한 이 세계에서 이성민이 평온함을 느끼듯, 요괴인 허주도 마찬가지였다. 혈마가 양손을 들어 올렸다.

키이잉!

붉은 강기가 그의 양손을 뒤덮었다. 이성민의 무공을 무식하게 찢어발기던 수라천살공이 운용되었다.

혈마가 수법을 펼치기 전에, 이성민이 움직였다.

아무것도 들리지 않았다.

이 기묘한 공간은 결계를 연상시켰다. 바깥에서 누군가가 부숴줄 리는 없으니, 이곳에서 탈출하기 위해서는 혈마 본인이 노력하여 이 공간을 박살 내야만 했다.

쉬운 일이라고 생각하지는 않았다. 구태여 이런 공간으로 밀어 넣었는데, 쉽게 탈출할 수 있게 해줄 리가 없다.

쐐액!

혈마가 자세를 비틀었다. 뻔히 보이던 곳에서 갑자기 창이 나타났고, 찔러 들어왔다.

조금만 늦었어도 피하지 못했을 것이다. 단순한 찌르기에 실린 힘이 예사롭지 않았다.

끄트머리에 걸렸던 호신강기가 가루가 되어 흩날렸다. 혈마는 쏘고 되돌아가려는 창을 잡으려 손을 뻗었다.

하지만 그의 손에 잡히는 순간, 창은 안개가 되어 무너져 내렸다. 무언가를 직감한 혈마가 표정을 굳히며 호신강기를 더욱 강하게 일으켰다.

카가각!

무너진 안개가 수십의 칼날이 되어 혈마를 덮쳤다. 호신강기를 통째로 뒤흔드는 칼날의 위력에 혈마의 몸이 뒤로 밀려났다.

거기서 끝이 아니었다. 안개 무더기가 일렁거리더니 그 안에서 자색 전류가 번뜩였다.

"허어."

자신의 목소리는 들리지 않았지만, 혈마는 그렇게 중얼거릴 수밖에 없었다.

"참 치사한 무공이로군."

그 말 대로였다. 보이지 않는 곳에서 다섯 개의 관천이 일제히 쏘아졌다. 혈마는 헛웃음을 흘리며 몸을 거세게 회전시켰다.

파바바박!

회전과 함께 붉은 강기가 사방으로 흩날렸다. 그는 회전을 멈추지 않고서 각기 다른 방향으로 들어오는 관천을 향해 몸을 날렸다.

혈마를 덮치던 관천이 또다시 무너졌다. 혈마의 몸을 허무히 스쳐 지나간 것은 수백 개의 강기 다발이 되었다.

뒤를 잡고서 들어오는 공격에 혈마는 빠득 이를 갈았다. 보이는 것을 믿을 수가 없었다. 이 안에서 펼쳐지는 모든 무공은 실체가 아니면서 실체였다.

이런 식의 무공을 펼칠 수 있다는 것이 놀라웠다. 요괴의 힘인가? 혈마는 혀를 차면서도 내심 조금의 만족을 느꼈다.

하지만 아직 여력이 있겠지. 이 정도로는 부족하다. 혈마는 이성민의 모든 것을 파악해야만 했다.

덮쳐오는 강기 다발을 향해 혈마가 양손을 뻗었다. 이번에도 환술인가? 확신은 없었지만, 그는 손을 휘둘렀다.

꽈드드득!

혈마의 장풍과 강기가 충돌했다. 환술이 아니었다. 손을 밀어내는 무게감에 다리에 힘을 주면서 혈마는 이를 빠득 갈았다.

수백 년 동안 쌓고 다듬어 온 힘이 혈마의 몸 안에서 요동쳤다.

쿠웅.

붉은빛이 격발되었다. 혈마의 등 뒤에서 시뻘건 수라가 몸을 일으켰다. 수라천살공이 극성으로 운용되었다. 혈마는 포효하면서 주먹을 쥔 왼손을 내질렀다.

콰아앙!

폭음과 함께 강기 다발이 소멸했다. 환계 전체가 뒤흔들릴 정도의 굉음이 천지를 때렸다. 자색 안개 너머에서 이성민은 창을 쥐었다. 이제는 직접 나서야 할 때였다.

혈마가 이성민을 보았다. 피처럼 붉은 눈을 빛내며 혈마가 앞으로 달렸다.

그런 혈마를 향해 이성민은 천천히 창을 들었다. 그 모든 것이 신기루처럼 뒤흔들린다.

분명히 달리고 있는데, 이성민과의 거리가 좁혀지지 않는다. 이 공간이 문제다. 이곳에서 싸우게 된다면 너무 많은 페널티를 끌어안아야 한다.

'까다로운 무공이군. 하지만…….'

제니엘라에게는 통하지 않는다.

혈마는 그것을 확신했다. 이런 종류의 무공이라면 절대로 제니엘라에게 통하지 않는다. 그것을 파악한 것만으로도 큰 성과였다.

그러니, 이보다 다른 것을 알아야 한다. 혈마가 입을 벌려 포효했다. 그것은 공간을 뛰어넘어 이성민의 피부를 저릿하게 만들었다.

혈마는 순혈 뱀파이어가 아니다.

700년 전에 그는 인간이었고, 무인이었다. 지금에야 기억하는 이도 없겠지만, 당시에 귀혈수라(鬼血修羅) 주희백이라고 하면 모르는 이가 없었다.

그 당시의 시대에는 누구나 인정하는 압도적인 천하제일인이 없었고, 그런 난세에서 귀혈수라 주희백은 호사가들이 천하제일인을 논할 때 빠지지 않고 거론되는 인물이었다.

세력에 욕심은 없었다. 단지 무공을 익히는 것이 좋았고, 천하제일인이라는 자리에도 크게 욕심이 없었다. 어디 한 곳 정착하지 않고 세상을 떠돌았다.

그 당시에는 우연한 만남이라고 생각했지만, 지금은 안다. 만남 자체가 제니엘라가 설계했던 것임을.

미래를 보는 마안을 가진 그 아이가, 이렇게 될 것을 알고서 일부러 자신의 앞을 가로막고 서 있었다는 것을.

시체 더미 한가운데에서 어린 제미니의 손을 잡고. 요염하지만 피에 물든 모습으로 서서, 양녀로 삼아달라고 했던 말은 이미 어떤 대답이 돌아올지 뻔히 알고서 했던 것임을 알고 있다.

상관없었다.

흥미와 호기심으로 제니엘라와 제미니를 양녀로 삼았다. 평생의 대부분을 혼자 살았지만, 양녀와 함께 생활하는 것은 즐거웠다.

혼자가 아닌 여럿이서 세상을 떠도는 것에 재미를 느꼈다. 이미 보았던 것도 그 아이들과 함께 볼 때는 새로운 기분을 느끼곤 했다.

두 양녀가 괴물이라는 것은 잘 알고 있었다. 사람의 피를 빨아 마시는 뱀파이어.

그렇다고 해서 양녀들을 혐오스레 여기지는 않았다.

그래서 선택된 것이겠지. 당시의 제니엘라와 제미니는 그리 강력하지 않았고, 깨끗한 피를 가진 둘은 다른 뱀파이어와 인외들의 좋은 사냥감이었다.

둘의 양부가 된 주희백은 밤마다 습격해 오는 괴물들에게서 양녀를 지켜야만 했다.

그것에 불만을 느끼진 않았다. 즐거웠다. 그래, 그거면 되었다. 서로 간의 이해가 일치했을 뿐이다.

주희백은 고독을 잊게 해 줄 가족을 필요로 했고, 제니엘라와 제미니는 괴물들을 막아 줄 든든한 보호자를 필요로 했다.

뱀파이어가 되어달라는 부탁을 들었을 때. 당시의 주희백은 난감하게 웃었다.

거절을 생각하지 않는 양녀의 미소를 보는 순간, 거절해서는 안 된다는 생각이 들었다. 결국 그는 뱀파이어가 되었다.

그리고 오늘 죽을 것이다. 700년이라는 긴 삶이 오늘 끝난다.

허무하게 죽어서는 안 된다. 그는 무공의 끝을 보지 못하였으나 마지막 죽음만큼은 자신이 바라는 대로, 아니, 양녀가 바라는 대로 해야만 했다.

우선 이 불편한 공간을 부수어야만 했다. 거리는 여전히 줄어들지 않는다.

그러면서 공격은 멈추지 않고 들어온다. 혈마의 양손이 천천히 움직였다.

그의 몸 전체를 뒤덮고 있는 붉은 강기가 손짓에 맞추어 휘둘렸다. 서두르지 않고 뻗은 일장이 공간을 때렸다.

여태까지와는 비교가 안 되는 거력이 공간을 뒤흔들었다. 이 무공이 어떠한 무공인지는 이미 파악했다.

이것이 제니엘라에게 위협이 안 될 것임은 이미 확인했다. 그러니 더 두고 볼 필요는 없었다.

[통째로 부수려 하는군.]

공간을 침식한 요력이 뒤흔들린다. 환계 속에서 공격을 감행했는데도 혈마의 호신강기를 뚫지 못했다.

혈마에게는 아직 많은 여력이 남아 있다는 뜻이었다. 이성민의 창이 움직였다. 공간 전체를 자색 전류가 휘감았다.

"만뢰."

입술을 달싹거려 그를 선언했다.

빠지지지직!

공간을 침식하고 있던 요력이 모조리 번개가 되었다. 혈마는 자신을 덮치는 번개 폭풍을 보며 피할 수 없음을 깨달았다.

그렇다면 마주 깨부숴나가며 견딜 뿐이다. 혈마의 몸을 뒤덮고 있던 호신강기가 아수라의 모습이 되었다. 혈마의 등 뒤에서 두 쌍의 팔이 치솟았다.

붉은 강기 속에서 혈마는 춤사위를 추었다. 그의 손짓이 번개를 쪼개었다.

만뢰의 한가운데에서 혈마의 몸은 조금도 굽혀지지 않았다. 호신강기 위로 타격을 주고 있지만, 결정력이 부족하다.

애초에 수백 년 묵은 뱀파이어인 혈마를 어지간한 공격으로 죽이는 것은 불가능하다.

이성민이 창을 움직이자 번개가 창의 궤적에 끌려왔다. 추혼일살 뇌전이 혈마의 틈을 노리고 격발되었다.

혈마의 등 뒤에 있는 두 쌍의 팔이 동시에 움직였다. 강기로 이루어진 손이 허공을 붙잡았다.

잡히지 않아야 할 공간이, 환계를 이루고 있는 요력이 혈마의 손에 통째로 잡혀 뒤흔들렸다.

허공에 균열이 가기 시작했다. 환계 속에서 혈마를 잡아두는 것은 불가능했다.

이성민은 가슴 한구석에 자그마한 열망이 피어오르는 것을 느꼈다. 혈마의 여섯 손이 앞을 때렸다.

무형의 기운이 이성민을 덮쳤다.

흩어지는 요력을 한군데 끌어모으면서, 이성민은 공도를 펼쳤다. 혈마의 장력 한가운데에 자그마한 구멍이 만들어졌다.

그 안에서 전류가 들끓었다. 창을 끝까지 찌르자 폭뢰가 터지며 혈마를 덮쳤다.

혈마의 입꼬리가 씰룩거리며 올라갔다. 이런 식으로 싸우는 것은 오랜만이었다.

환계가 완전히 박살 났다. 세상이 원래대로 돌아왔고 모였던 요력이 돌풍이 되어 사방으로 흩날렸다.

이성민은 그런 요력들을 갈무리하여 창끝에 실었다. 또 한 번 관천이 쏘아졌다. 단순한 관천이 아니었다. 이성민은 내지르는 관천에 자신이 가지고 있는 가장 높은 무리를 담았다.

꽈르르르릉!

하늘이 무너지는 것처럼 큰 소리가 났다. 혈마는 이번 공격이 심상찮다는 것을 느꼈다. 어쩌면, 이거라면.

혈마는 제니엘라가 웃는 모습을 떠올렸다. 부탁해요, 아버지. 얄밉게 웃으면서 부탁할 때. 그런 부탁을 혈마는 거절하지 못하곤 했었다.

'아버지라는 말을 듣고 싶었는데.'

그리 부르지 않게 된 지도 벌써 수백 년이 지났지만.

혈마는 상념 속에서 벗어나 양손을 들었다. 그의 등 뒤에 선 수라의 그림자가 크게 부풀었다. 이건 위험하다.

'나한테도, 그 아이한테도.'

그러니 피해서는 안 되었다. 창의 움직임이 뇌운을 만들어 낸다. 그 안에서 어마어마한 힘을 품은 번개들이 끓었다. 이성민은 한계까지 힘이 몰린 관천을 쏘아냈다.

"개벽."

세상이 번쩍였다.

소리가 멀게 들렸다. 새로이 열리는 세상이 통째로 혈마에게 다가오고 있었다.

혈마는 그 안에서 꿈틀거리는 거대한 힘을 감히 파악하려 들지 않았다. 그는 묵묵히 받아낼 준비를 했다.

피해서는 안 된다.

지금 와서는 피하는 것도 무리일 터지만. 그런 상황이 오히려 혈마로서 마음을 다잡게 해주었다.

물러설 길이 없다면 버티고 서든가 뚫고 나아가든가. 물러설 곳이 없다는 것에 혈마는 조용히 웃었다.

극성으로 운용된 수라천살공의 극의가 혈마의 몸을 뒤덮었다. 천천히 나아가던 혈마의 걸음이 하늘을 크게 찍었다.

뒤흔들리는 공간이 혈마의 주변에 균열을 만들었다. 초월지경에 든 이성민의 무리가 쾌와 환이라면, 혈마는 오로지 패(霸)였다.

가로막는 모든 것을 깨부수고 나아가는 난폭한 힘이 혈마의 전신에 스며들었다.

뇌운이 폭발하며 개벽이 열린다. 데스나이트 군주인 볼란데르를 소멸시켰던 그 힘이 그때보다 매끄럽게 발현되었다.

개벽을 실은 관천은 세상을 여는 빛이 되었다.

똑똑히 봐라.

혈마는 두 눈을 부릅떴다. 제니엘라는 이곳에 없지만, 그녀는 혈마의 눈을 통해 모든 것을 보고 있었다. 딸은 지금 어떤 표정을 짓고 있을까. 그것이 조금 궁금했다.

꽈아앙!

여섯 개의 팔이 개벽을 향해 뻗어졌다. 번개가 빠직거렸다. 강기로 이루어진 두 개의 팔이 흔적도 없이 소멸했다.

호신강기가 뒤흔들렸다. 속이 쓰린 것을 보니 내상을 입은 모양이었다. 혈마는 개의치 않고서 발을 앞으로 쭈욱 밀었다.

뒤로 밀려나서는 안 되었다. 앞으로, 더 앞으로. 혈마는 마음속으로 그것을 중얼거리면서 다시 한번 팔을 밀어냈다.

혈마의 전신이 바르르 떨렸다. 강기의 팔이 모조리 소멸했다. 그렇다고 해서 혈마는 물러서지 않았다.

그는 오히려 발에 힘을 주어 더욱 앞으로 나아갔다.

빠직, 빠지지직.

빛의 덩어리가 혈마의 양손에 닿았다. 피부에 감각이 없었다. 통증조차 없다는 것이 불길했다.

용암이라도 흘러들어 온 것처럼 기혈이 뜨거웠다. 혈마는 입꼬리를 비틀며 웃었다.

혈마의 양팔 근육이 크게 부풀었다.

뜨드드득!

그는 감각이 없는 손가락을 굽혀 빛을 움켜쥐었다.

"아아아아!"

혈마가 고함을 질렀다. 쉬지 않고 파직거리는 번개가 혈마의 호신강기와 부딪혔다.

크게 벌린 혈마의 입에는 핏물이 가득 차 있었다.

찌지지직!

개벽의 빛이 찢기기 시작했다. 혈마는 맨손으로 빛을 찢어가며 길을 열고 있었다.

[맙소사.]

그런 혈마의 신위에 허주조차도 감탄했다. 이성민은 감탄보다는 경악했다.

개벽의 무리는 이성민이 이해하고 있는 흑뢰번천의 무리 중에서 가장 높았다.

사마련주 본인이 쓰던 것과는 아직 비교가 힘들었지만, 불사의 존재와 다름없던 볼란데르를 소멸시켰던 그 힘을…….

혈마는 버티는 것이 아니라 맨손으로 찢어가고 있었다. 이성민은 밀어내는 창에 더욱 힘을 주었다. 그것에 혈마의 몸이 더욱 떨렸지만, 그렇다고 뒤로 밀려나지는 않았다.

꽈아앙!

결국 혈마의 손에 개벽이 완전히 찢겼다.

"크윽!"

혈마의 입에서 피가 뿜어졌다. 밤이 아니라고 해도 그 정도되는 뱀파이어라면 죽이는 것이 쉽지 않을 정도의 불사력을 갖는다.

개벽을 찢어내면서 넝마처럼 변한 혈마의 양팔과 내상이 빠르게 재생되었다. 혈마는 입에 고인 핏물을 삼키며 이성민을 향해 달렸다.

'개벽이…….'

찢겼다.

이성민은 표정을 굳히며 창을 휘둘렀다. 분뢰추살이 공간을 점했다. 혈마는 더 이상 피하려 들지 않았다.

그는 호신강기의 굳건함을 믿고 양팔을 휘둘렀다. 강기 다발이 허무하게 찢겼다. 혈마의 양손이 쌍장을 내질렀을 때, 이성민의 발이 허공을 밟았다.

무영탈혼 이식, 일보무영 뇌운. 혈마가 때린 몸뚱이가 뇌운으로 변했고 터진 번개가 혈마를 덮쳤다.

혈마의 호신강기는 너무 단단했다. 뱀파이어의 몸은 치명적인 상처도 순식간에 재생한다.

어떡하지?

이성민은 그런 고민을 하면서 혈마의 등 뒤를 잡았다. 홱 하고 몸을 돌리는 혈마를 향해 창을 쏜다.

혈마의 시야에서 창이 사라졌고, 아래에서 위로 솟구쳐 오른 창끝이 혈마의 머리를 노렸다.

그는 재빠르게 머리와 상체를 뒤로 젖히며 공격을 피했다. 복사백탐 백뢰의 궤적이 틀어진다.

인간이 아닌 몸뚱이를 가진 것은 이성민도 마찬가지였다. 관절이 움직여서는 안 될 각도로 틀어지면서 창의 움직임에 변수를 만들었다.

혈마의 두 눈이 빠르게 움직였다. 그는 파고 들어오는 창로를 파악하면서 양손을 휘둘렀다.

쩌엉!

한 번 충돌했고, 연이어 충돌음이 울렸다. 그 사이에 이미 아래의 싸움은 정리되어 있었다.

흑룡협은 무더기로 쓰러져 기절한 무인들을 내버려 두고서 위를 올려보고 있었다.

그런 흑룡협의 곁에는 야나가 눈썹을 찡그리며 서 있었다. 마음 같아서는 합공하고 싶었지만, 그러지 말아 달라는 이성민의 부탁이 야나를 움직이지 않게 만들고 있었다.

[어쩔 테냐?]

허주가 물었다. 혈마의 손이 쑥하고 들어왔다. 멱살을 틀어쥐려 하는 손을 걷어 내고서 창대를 꺾어 쳤다.

빠아악!

창준에 얻어맞은 혈마의 머리가 뒤로 젖혀졌다. 박살 낼 요량으로 때린 것인데 혈마의 머리는 부서지지 않았다.

[지금까지 펼친 무공으로는 저 녀석을 잡기 힘들다. 이 어르신이 보기에는 네가 조금 우세한 듯싶기는 하지만…… 싸움을 끝낼 결정력이 부족해. 아니면 이대로 쭉 싸울 테냐? 그러다가 밤이 된다면 네가 불리해져.]

그건 이성민도 잘 알았다. 그는 내공과 요력에서 혈마를 압도하고 있었지만, 창왕과의 싸움 때처럼 기교적인 면에서는 혈마보다 부족했다.

창왕을 상대로는 압도적인 화력으로 밀어붙이는 것이 가능했다. 그것은 창왕이 인간이었던 탓이다.

하지만 혈마는 인간이 아닌 뱀파이어다. 어지간한 상처는 순식간에 재생한다.

[한 번에 소멸시키는 것도 안 돼. 더 이상 싸우지 못할 정도의 상처를 주고 제압해야지. 그 뒤에 심문하든가 하고, 잡아먹어야 한다. 어쩔 테냐?]

가슴 속에 깃든 열망이 흔들렸다. 여태까지 사용할 기회가 없었던, 아니, 정확히 말하자면 쓰고 싶어도 쓸 자신이 없었던 것.

구천무극창은 아홉 개의 초식으로 이루어져 있다.

일초 추혼일살. 이초 분뢰추살. 삼초 복사백탐. 사초 구룡살생. 오초 절명섬. 육초 공도. 칠초 관천. 팔초 환계.

그 중 구초.

아직 이성민은 구천무극창의 구초를 실전에 사용해 본 적이 한 번도 없었다.

예전에 데니르의 정신세계에서 수행할 때에는 구초까지 사용해 본 적이 있었지만, 현실에서는 사용해 본 적이 없었다.

어쩔 수 없었다. 당시의 불완전한 몸뚱이로는 구천무극창의 구초를 사용하는 것이 무리였다.

게다가 그 마지막 초식은 환계와 마찬가지로, 사마련주의 손을 거치면서 전혀 다른 초식이 되어 버렸다.

그렇기에 더욱 사용하는 것이 힘들어졌다. 하지만 지금은. 요괴로서 완전한 몸뚱이를 얻고, 육체가 폭주하지 않게 된 지금이라면 사용할 수 있다.

해보고 싶다.

열망이 소곤거렸다. 이성민의 손끝이 바르르 떨렸다. 지금의 내가 쓸 수 있을까.

구천무극창을 뜯어고치고 전수했을 때, 사마련주가 충고했었다. 욕심을 너무 부렸노라고. 네 수준에 맞지 않는 무리를 담았으니, 제대로 쓰지 못한다면 네 쪽이 주화입마를 겪을 수도 있다고.

주화입마는 무공을 펼칠 때 항상 끌어안아야 할 부담이다. 아무리 높은 경지에 있다고 하여도 주화입마를 경시해서는 안 된다.

오히려 높은 경지에 있을 때, 주화입마를 조심해야 한다. 낮은 곳에서 떨어지는 것보다 높은 곳에서 떨어지는 것이 더 위험한 법이다.

무당파 제일 고수이자 정파 제일 고수인 검선이 주화입마 때문에 무당산을 떠날 수가 없는 몸이 되지 않았나.

'이제 와서 뭘.'

이성민은 마음을 먹었다. 지금이 좋은 기회였다. 아직 일어나지 않은 일이 두려워 주저하다가는 아무것도 하지 못한다.

해야 하니까, 해야만 했다. 이성민이 쓰러뜨려야 할 이는 혈마가 마지막이 아니다. 제니엘라는 얼마나 강할까? 주원은? 제미니는?

종언은?

무공의 극의.

지금까지 무공을 익혀오며 느낀 모든 것.

심득의 전부.

사마련주가 욕심을 내어 불어넣은 모든 것.

창이 바르르 떨린다. 지금까지와는 다른 힘이 창에 흘러들었다.

버텨라.

이성민은 작은 목소리로 중얼거렸다. 자기 자신에게 하는 말이기도 했고, 쥐고 있는 창에게 하는 말이기도 했다.

마음이 가라앉았다.

조금 전까지 가슴속에서 충동질하던 열망이 차갑게 식는다. 동요해서는 안 된다.

무공은 평정심이 기본이다. 공세가 멈추자 혈마는 의아한 표정을 지었다. 혈마는 멈추지 않았다.

이성민의 모든 것을 보기 위해서는 혈마 자신부터 모든 것을 보여주어야 했다. 그러다가 만약에 이성민이 죽는다면…….

뭘. 그렇게 된다면 오늘이 죽을 날이 아니었던 것이겠지. 혈마 자신은 조금 실망하겠지만, 제니엘라는 만족할 것이다. 아니면…… 양부가 죽지 않았다는 것에 조금 기뻐해 줄까.

혈마의 몸을 덮은 빛이 크게 부풀었다. 수라천살공의 극의가 펼쳐졌다. 그가 양팔을 뻗자 그를 중심으로 공간이 붉은빛으로 물들었다.

혈마의 등 뒤에 아수라의 모습이 솟구쳤다. 흔들거리는 삼두육비의 귀신이 지옥을 담은 눈으로 아래를 보았다.

혈마의 양손이 움직였다. 그럴 때마다 여섯 개의 팔이 함께 움직였고 세 개의 머리가 웃는 소리를 발했다.

수라천살공 오의, 아수라파천무가 시작되었다.

손에 쥔 창의 무게를 느꼈다. 창의 무게를 느끼는 것은 오랜만이었다. 근섬유 하나하나가 호흡하듯 꿈틀거린다.

기혈을 타고 흐르는 내공과 요력을 느낀다. 감각이 활짝 열렸다. 아수라판천무가 발하는 죽음의 기운이 공간을 적셨다.

손에 쥔 창이 무겁다.

사실 언제나 무거웠을 것이다. 여태까지는 너무 쉽게 휘둘러서 느끼지 못했을 뿐이지. 이것은 사람을 죽이는 병기였고, 키만큼 큰 창이다.

너무 높아진 근력이 마구잡이로 휘두를 수 있게 만들었지만, 본래는 그렇게 휘두를 수가 없는 장병기다.

창을 처음 쥐었을 때를 떠올리는 것은 힘들었다. 애초에 창에 재능이 있었던 것은 아니었다.

무기에 익숙한 것도 아니었다. 그냥, 어쩌다 보니 창을 쥐게 되었다. 전생의 그는 죽음이 두려운 겁쟁이였고 싸움에 익숙하지도 않았다.

다만, 이 세상에서 살기 위해서는 무기를 쥐어야만 했다. 활 같은 것을 쏘는 것은 도저히 익숙하지 않았고 멀리서 맞출 자신도 없었거니와, 맞추지 못하거나 화살이 떨어질 때를 생각하면 겁이 나서 도저히 할 수가 없었다.

그나마 창이 괜찮아 보였다. 길이도 기니까 멀리서 푹푹 찌르면 될 것 같았다.

창이라는 병기를 본격적으로 이해하게 된 것은 위지호연의 가르침 때문이었다.

란, 나, 찰을 시작으로 기본기를 익혔고, 구천무극창을 전수받았다. 그 후에는 거의 실전과 독학이었다.

므쉬의 산, 데니르의 시련, 그 외 많은 싸움. 그리고 사마련주.

처음 창을 쥐었을 때의 기억. 지금까지 수행하고, 싸워온 모든 경험. 지금의 나. 여전히 창이 무겁다.

무거워야 했다. 이것은 위지호연이 살았던 세상의 창왕이라는 무인이 평생을 바쳐 다듬은 무공이고, 부조리할 정도의 재능을 가진 천재 소천마 위지호연이 이성민에게 맞게 다듬었으며, 고금제일인 마황 양일천이 욕심을 내어 자신의 심득을 담은 창법의 마지막 오의다.

창이 무겁다.

창은 이성민 자신이었다. 신창합일이 이루어졌다. 지금까지 해낸 적이 없는데, 창의 무게를 인식한 순간 창은 이성민이 되었고 이성민이 창이 되었다.

거기서 더. 고요히 가라앉은 마음의 수면에 한 자루의 창이 생겨났다. 아수라파천무의 죽음이 밀려온다. 삼두육비의 아수라와 함께 춤을 추는 혈마를 응시했다.

그는 뛰어난 무인이었다. 아마, 성장의 한계가 확실히 정해져 있는 이 세상의 존재가 아니었다면…… 사마련주만큼 강하지 않았을까.

그런 혈마를 쓰러뜨려야만 했다.

이곳은 예전에 사마련이라는 단체가 있던 곳이다.

마황 양일천이 다스리던 사마련이 있던 곳. 이성민은 얼굴에 쓴 가면의 무게를 느꼈다.

"……무극(武極)."

한 번 찔렀다.

그 찌르기에 모든 심득이 담겼다. 빠른 뇌전, 흩어지는 뢰섬, 치솟는 역뢰, 덮치는 뇌겁, 번쩍이는 뇌광, 터지는 폭뢰, 때려 부수는 뇌격, 흐르는 뇌운, 울리는 벽력과 천굉, 가로지르는 비뢰, 그를 아우르는 백뢰와, 그보다 더한 만뢰와, 세상을 여는 개벽.

무극은 개벽으로 연 세상의 끝에 닿았다.

to be continued

Wish Books

9클래스 소드 마스터

이형석 퓨전 판타지 장편소설
WISHBOOKS FUSION FANTASY STORY

검성(劍聖), 카릴 맥거번.
검으로 바꾸지 못한 미래를 다시 쓰기 위해
과거로 돌아오다.

이민족의 피로 인해 전생에 얻지 못한 힘.

'이번 생에 그걸 깨주겠다.'

오직 제국인들만이 사용할 수 있었던,
그 힘을!

'나는 마법을 익힐 것이다.'

이제, 검(劍)과 마법(魔法).
두 가지의 길 모두 정점에 서겠다.

9클래스 소드 마스터: 검의 구도자

Wish Books

나는 될 놈이다

글쓰는기계 게임 판타지 장편소설
WISHBOOKS GAME FANTASY STORY

판타지 온라인의 투기장.

대장장이로 PVP 랭킹을 휩쓴 남자가 있다?

"아니, 어디서 이런 미친놈이 나타나서……."

랭킹 20위, 일대일 싸움 특화형 도적, 패배!

"항복!"

'바퀴벌레'라고 불릴 정도로
끈질긴 생명력을 가진 성기사조차 패배!

"판타지 온라인 2, 다음 달에 나온다고 했지?"

평범함을 거부하는 남자, 김태현!
그가 써내려가는 신개념 게임 정복기!